united p.c.

Gedrukt in de Europese Unie op milieuvriendelijk gebleekt papier, geheel chloor- en zuurvrij.

www.united-pc.eu

Ciska Baar

Je bent te ver gegaan

(Machteloosheid roept woede op)

Zij rijdt langzaam over het brede bospad naar het huis. De Volvo wil wel sneller, maar ze houdt zoals altijd rekening met de dieren, per slot van rekening waren zij er het eerst. Ze mag dan wel Mees genoemd worden, maar ze beseft goed dat haar naamgenoten duizendmaal meer van het bos weten als zijzelf. Net zo als zij uit verschillende personen bestaat, is de mees niet onder een noemer te vangen: Zo is er de koolmees, buidelmees, pimpelmees, staartmees, en waarschijnlijk bestaan er nog meer soorten. Ze staat het zichzelf toe om het rijtje twee keer hardop te zeggen: koolmees, buidelmees, pimpelmees, staartmees. Als ze tot rust komt wordt deze dwangmatige gewoonte vanzelf minder. De staartmees is haar favoriet. Ze komt zelden onder de mensen en ook in de winter verblijft ze in het bos. Mees weet het, maar heeft slechts een keer gezien dat deze vogels 's nachts in troepen, dicht opeengedrongen op de takken slapen. Als kleumende kameraden schurken ze tegen elkaar aan en gebruiken zelfs de lange staart bij hun omhelzing. Mees lacht omdat er steeds van dat soort gedachten in haar opkomen wanneer ze in deze omgeving is. Als ze bij de kale lariksbomen komt doemt het huis voor haar op en heet haar welkom met het besneeuwde rieten dak. Ze stopt, de magere bruine hond op de achterbank springt kwispelend op en ontneemt haar de gelegenheid om de omgeving in zich op te nemen. Ze laat haar er vlug uit en voordat ze de kans krijgt om het hek

te openen, springt zij er overheen. Snuffelend loopt ze door de grote tuin en gaat dan voor de deur staan. Eenmaal binnen is haar eerste zorg om een vuur te maken in de grote, zwarte houtkachel.
Mees gaat zich omkleden en staat een paar minuten later vijf centimeter dikker voor de spiegel. Ze ziet een jonge vrouw met binnenbontlaarzen, dikke broek, wollen trui en uitstaande blonde piekharen.
De hond blaft en kijkt haar afwachtend aan. Ze ziet dat zij naar buiten wil en weet dat ze dan soms urenlang kan wegblijven.
"Vooruit dan maar Kelly," zegt ze weifelend: "Probeer voor het donker terug te zijn."
Zij kijkt haar na in de geopende deur en geniet van het besneeuwde landschap en het enthousiasme van de hond. Hier is de sneeuw nog ongerept en geeft het bos iets wijds, alsof haar verstopte tuin een stille witte vlakte is geworden.

Ze denkt heel even aan haar vader die het zelfs zonde vond om sneeuw te ruimen. Dit moest wel in het kleine stadje, waar iedereen zijn stoep schoonhield. Papa had geluk want hun huis stond afgezonderd van de rest, verscholen in een grote tuin. Hij kon dan na een wandeling mopperend zeggen: "Wat hebben ze er weer een zootje van gemaakt. Zout gestrooid en er een kliedertroep van gemaakt."
Papa hield van orde en een besneeuwde tuin was overzichtelijk. Hij kon ver over Mees heen kijken

en langzaam met zijn hoofd draaiend naar iets kijken wat zij niet zag, of hoorde.
"Kijk Mees, je kunt de stilte bijna aanraken. Het sneeuwpak dempt de geluiden en zelfs de vogels zijn rustiger dan anders."
Op dat moment viel een hard schetterende kraai een soortgenoot aan die een broodkorst wilde pikken die in het vogelhuis lag. Peter lachte, tilde haar op hoog boven zijn hoofd en zei: "Je moet je vader niet altijd geloven schatje."

Binnen een paar minuten is Kelly verdwenen en Mees weet dat de bastaard haar spitse neus nu overal insteekt en de grote oren gespitst houdt voor ieder nieuw geluid. Zij is een jachthond en omdat er geen groot wild in dit bos woont, mag ze loslopen. Ze gaat wel steeds achter konijnen aan, maar vangt er nooit een. En wanneer ze bij groot water komt zwemt ze fanatiek achter de waterhoentjes aan, en kan dat erg lang volhouden. Mees begint met opruimen, maakt haar bed op en wanneer ze het avondeten wil gaan voorbereiden beseft ze plotseling dat Kelly nog niet terug is. Ze kijkt op de klok en ziet dat zij bijna anderhalf uur weg is. De tijd in het bos gaat steeds met rassen schreden voorbij en lijkt op te lossen in duizenden schaduwen. Zij trekt haar waterdichte jack aan en gaat erop uit om de hond te zoeken. Ze blaast op het fluitje met de kersenpit, maar ze weet dat dit

nutteloos is: Kelly kent de weg als geen ander en komt alleen terug naar huis wanneer zij het wil. Zoeken dan maar!
Ze moet opschieten want binnen een half uur zal het donker zijn. Mees stapt stevig door, krijgt het warm, trekt de rits van haar jas open en concentreert zich op de bosbodem. Ze ziet verse afdrukken in de sneeuw en bukt zich om te zien of ze van Kelly zijn. Dan hoort ze vreemde geluiden in het kale struikgewas een eind van het pad af. Ze hoort geblaf, dof en fanatiek en ze krijgt een onbehaaglijk gevoel. Het is alsof er ergens ondergronds een drama in gang wordt gezet waar zij volledig buiten staat. Het duurt lang voordat ze achterhaalt wat er gaande is, want het geluid verplaatst zich en neemt angstaanjagende vormen aan. Ze ziet een heuvel en beseft dan dat de geluiden daar vandaan komen. Het valt tegen om op de ongelijke grond er naar toe te lopen maar ze weet opeens dat het geblaf van Kelly komt. Ze ziet haar niet, maar hoort steeds duidelijker snuiven, krabben, grommen en nijdig geblaf. Dan weet ze: De hond zit in een vossenhol!
Dit is niet ongevaarlijk. Al zit de vos er zeer waarschijnlijk niet in, de gang kan instorten en dan stikt Kelly. Ze gaat op haar knieën zitten en probeert in het goed gecamoufleerde donkere gat te kijken, maar ze ziet niets. Ze roept haar: Eerst gebiedend, dan op smekende toon, maar Kelly reageert niet. Na tien minuten geeft Mees het op en

gaat woedend op huis aan Waarom heeft zij altijd honden die niet luisteren?
Waarschijnlijk omdat zijzelf ook niet gecommandeerd wil worden. Haar moeder zegt vaak dat ze meer op een brutale kraai lijkt dan op een mees. Driftig stappend windt ze zich steeds meer op, om de machteloosheid te verdrijven over oude kinderlijke angsten.
Maar haar woede wordt minder en slaat om in ongerustheid als ze even later het eten klaarmaakt. Het is bij Kelly geen kwestie van ongehoorzaamheid, zij volgt enkel haar jagersinstinct. Meestal luistert ze en volgt haar overal met haar trouwe bruine ogen. Ze komt altijd weer thuis.
Mees doet lang over de maaltijd, treuzelt omdat ze hoopt dat de hond de geuren ruikt.
En ja hoor!
Een vrolijk geblaf laat haar naar de deur rennen, en ze haalt de hond binnen als een vorstin. Zij draait kwispelend om haar heen en voelt zich absoluut niet schuldig.
"Eigenlijk zou ik je op water en brood moeten zetten, maar je hebt geluk: ik heb een stuk gebraden kip zonder zout voor jou bewaard."
Ze praat iets te hard omdat ze het beeld wil verjagen dat ze tijdens het koken steeds voor ogen had: Een bedolven Kelly in een besneeuwd graf, haar dichte ogen bedekt door takjes en mos. De stijve bevroren pootjes met nagels vol zwarte

aarde, omhoog gericht. Mees neemt het besluit om haar de komende dagen aan de riem te houden, want ze zal het beslist niet kunnen laten om weer het vossenhol op te zoeken.
En ondanks dat ze zich steeds beter gaat voelen bij het vuur stelt ze het nog even uit om Jeroen te bellen. Haar vriend kan er slecht tegen als ze zich nog vol van doorgestane emoties, ongeremd laat gaan. Ze neemt hem dit niet kwalijk omdat zijzelf ook de boel liever onder controle heeft. Nadeel is wel dat hij in feite weinig van haar weet, maar dat zal met de tijd wel veranderen.
Met Kelly's kop op haar linkervoet vertelt ze rustig wat er gebeurd is en hij reageert nuchter: "De hond loopt toch wel vaker weg, en komt steeds terug."
Dan laat hij er met zijn liefste stem op volgen: "Ik kan morgen niet komen, want het is razend druk op het werk, slaap lekker Mees."
Ze wil nog vragen: "En vanavond dan?" maar slikt de woorden in.
Even later doet ze er erg lang over om naar bed te gaan. Ze controleert vijf keer of ze de tv en radio heeft uitgezet, het water voor de hond ververst, het vuur in de kachel gedoofd en de deur op slot is gedaan. Mees vraagt zich af of haar dierbaren, vrienden en collega's ook maar het geringste vermoeden hebben dat ze er vreemde gedachten en gewoontes op na houdt. Waarschijnlijk weet alleen haar moeder iets en omdat zij zichzelf vaak niet begrijpt, praat ze er met niemand over. Ze maakt

steeds lijstjes en moet vaak tellen. In het bos voelt ze zich geen buitenstaander want hier bestaat alles uit herhaling. Een bonte specht bijvoorbeeld maakt steeds dezelfde, haast mechanische roffel wanneer hij zijn nest uitbeitelt. En niemand kijkt er vreemd van op als hij urenlang zijn kiekiekiek mantra laat horen.
Geef Kelly maar dc schuld, dan hoef je niet toe te laten dat het stemmen van lang geleden zijn die jou waarschuwen om alles in de hand te houden. Je controleert om niet verrast te worden door onverwacht pijnlijke momenten. Om van een veilig warm moment in doodsangst te belanden. Maar wanneer ze zich heeft gedoucht, gewoon kort haar tanden heeft gepoetst en bewust haar gezicht niet heeft ingesmeerd met crème, laat Mees zich tevreden op de plaats en het tijdstip zakken waar ze thuishoort.

De volgende morgen wordt ze bijna leeggedroomd wakker en slechts een flard van een gesproken zin blijft hangen: “Je bent te ver gegaan.” Ze besluit om zich hier niet in te verdiepen, maar rekt zich uit en stuurt haar gedachten naar het heden. Ze is een jonge vrouw van dertig, kind van deze jachtige tijd. Ze heeft een leuke baan bij een reclamebureau en alles moet in sneltreinvaart. Wat vandaag in is, is morgen passé. Haar kennissen en collega’s lopen snel, praten snel en zijn steeds klaar voor nieuwe

uitdagingen. Jeroen past perfect in dit plaatje, daarbij heeft hij een enorme geldingsdrang.
Maar dan dwaalt Mees toch weer af naar de troebele waarheid waarin haar vader lang geleden vertrokken en verdwenen is, haar als kind achterlatend met duizenden vragen. Maar ook met de angst dat zij schuld had aan dit vertrek. Ze gaat rechtop zitten en zegt hardop: "Wat moet ik doen om jou eindelijk los te laten?"
Allereerst maar de kachel aansteken en ontbijt maken. Een half uur later loopt ze met Kelly het bos in De hond kijkt haar aan de riem verwijtend aan, maar besnuffelt dan de meest interessante plekken. Mees probeert zich aan te passen en haar niet steeds aan haar halsband te trekken. Het dier is echter niet geïnteresseerd in de stuiptrekkende merel die op sterven na dood is. Het inktzwarte mannetje mist een paar staartveren en een pen zonder veren steekt troosteloos omhoog. Hij valt steeds om en de oogjes draaien weg. Kelly moet zich er echter wel weer mee bemoeien wanneer ze de vogel uit zijn lijden verlost en hem probeert te begraven. Mees voelt zich even rot maar weet ook dat ze het magere nekje moest omdraaien. Veel wreder is het om door te lopen en net te doen of er niets aan de hand is.
Ze heeft dit soort dingen van haar moeder geleerd en was ze er als kind een halve dag van slag van geweest, nu is ze het zo weer kwijt. Ze geniet weer van alles in het winterbos, omdat ze weet wat haar

te doen staat: een gewonde vogel doden is net zo belangrijk als een hond behoeden voor verstikking.

Mees gaat ’s middags boodschappen doen in het dorp en ze neemt er de tijd voor. Ze kan de verleiding niet weerstaan om in de boekwinkel te gaan neuzen, die sinds kort in het oude postkantoor is gevestigd. Het mooie oude gebouw is volgestouwd met nieuwe en gelezen boeken. Hebberig haalt ze drie romans van John Irving uit de schap en betaald er slechts tien euro voor.
“U bent een fan van Irving?” vraagt de vrouw achter de kassa en ze lacht om Kelly die ongeduldig voor de deur is gaan zitten.
“Ja ik vind hem geweldig, u hoeft de boeken niet in te pakken.”
Wanneer ze later het bos inrijdt zakt de zon achter de bomen en Mees weet niet waarom ze een onbehaaglijk gevoel krijgt op de schimmige paden. Het verbaast haar want ze krijgt dit soort sensatie meestal als ze weer terug komt in de stad. De geluiden van het bos dringen nauwelijks door in de auto en na een hectische week op het werk staan haar zintuigen op scherp.
Ze heeft een drukke baan bij een reclamebureau en haar carrière zit in de lift. Ze beseft terdege dat ze uit twee personen bestaat: De efficiënte, slimme en eigengereide vrouw, maar ook een dromerige en vaak onzekere Mees. In haar appartement in de stad en op haar werk is ze gepantserd in dure

kleding en make-up, maar in mamma's boshuis kan ze anders zijn. Ze wordt er ook, terwijl ze haast met niemand praat, aangeraakt door emoties die ze vergeten was.
Ze is blij dat de buitenlamp aanspringt als ze het einde van het pad bereikt. De tuin ligt erbij zoals ze hoort te zijn: Enkele oude bomen, veel rododendronstruiken die kleumend hun bladeren naar de stam trekken, lage dennenboompjes en verschillende voerplaatsen voor de vogels.
Toch is er iets vreemds!
Ze ziet voetstappen in de sneeuw en wanneer ze onmiddellijk denkt: mijn eigen afdrukken, ziet ze dat dit niet helemaal waar is. Natuurlijk heeft zijzelf door de tuin gelopen vanmorgen. Ze heeft zaad gestrooid voor de vogels en de waterbakken gevuld. Maar er zijn nieuwe sporen die overal slordig door de sneeuw lopen. Ze zijn minder diep en haast vluchtig. Die zijn niet van haar laarzen en ze lijken van een sprookjesfiguur te zijn. Dan blijft Mees opeens staan en haar adem stokt. Er ligt een stenen hoofd voor haar voeten dat met zijn dode ogen langs haar heen kijkt. Ze voelt een stekende pijn in haar achterhoofd en het is net of het heel even druk wordt om haar heen. Opgewonden stemmen verdrijven de stilte in het bos en verdwijnen dan weer snel. Onmiddellijk vliegt haar blik naar de houten sokkel rechts van haar en ze ziet de gewonde trol. Zijn lichaam is er nog, maar staat doods en gebroken voor haar. Het lijkt net of

hij een bontkraag heeft van lang pluizig haar, maar het zijn de resten van baard en hoofdhaar. Even hoopt ze dat zijn hoofd er afgevallen is, maar huivert als ze de bijl ziet liggen. Mees weet niet of deze bijl van mama is. Haar mooie trol is bewust onthoofd en daarna weer op de sokkel gezet. Er trekt en huivering langs haar rug maar dan wordt ze woedend!

Ze heeft wekenlang aan dit beeld gewerkt en uit de zachte speksteen was een droom ontstaan. Het was hoogzomer en ze was toen net verliefd geworden op Jeroen. Ze zijn nog steeds geliefden, ondanks de moeilijkheden die ze hebben doorstaan. Jeroen is operationeel manager bij het reclamebureau waar ze werkt en ze weet dat er geroddeld wordt (onder andere dat zij niet op eigen kracht bereikt heeft dat ze binnen twee jaar hoofd communicatie is geworden). Maar dit alles heeft niets te maken met een beeld wiens hoofd met opengereten keel als afval op de grond ligt. Want als ze om zich heen kijkt ziet ze dat er meer kapot is. Met zeer waarschijnlijk dezelfde bijl heeft iemand vernielingen aangericht in de stam van de eikenboom aan het eind van de tuin. Ernaast ligt een gebroken den. Mees is hiervan nog veel meer ondersteboven dan van het beeld. Welke idioot slaat en kerft zulke diepe wonden in haar bomen? Want opeens lijkt alles om haar te gaan. Dit is een persoonlijke aanval op het mooiste wat ze bezit. Verblind door tranen ziet ze Kelly die driftig de

bosbodem stofzuigt met haar gevoelige neus. Ze gromt en snuift als een aardvarken en Mees is haar dankbaar dat ze bij haar blijft.
"Kom Kel we gaan naar binnen, want hier kan ik slecht tegen."
De hond kijkt op, aarzelt en loopt dan terug naar de gewonde eik. Ze krabt even met de nagels van haar voorpoten bij de stam en Mees ziet iets zwarts tevoorschijn komen. Ze bukt zich en raapt een kletsnat boekje op. Ze gooit haar handschoenen op de grond en tot haar verrassing blijkt het een soort notitieboekje te zijn.
De inhoud is teleurstellend, veel onbeschreven bladzijden, geen naam of adres van de eigenaar. Ze ziet slechts hier en daar een aantekening die ze niet begrijpt. En toch komt het verflenste, kromgetrokken boekje haar op de een of andere manier bekend voor. Ze denkt even aan haar moeder, schudt dan haar hoofd en loopt rillend naar huis. Wanneer ze wat opgewarmd is denkt ze erover om de politie te bellen, maar laat dat weer los. Ze wordt al moe bij de gedachte aan hun opmerkingen over het zich steeds meer uitbreidende vandalisme. En haar bomen kunnen ze toch niet helpen. Ze zal morgen de onthoofde trol in de schuur zetten en zien wat ze kan doen. Ze weet echter nu al dat dit beeld verloren is. Ze zal door de scherpe, gekartelde snede altijd herinnerd worden aan zijn val.
En op dat moment rinkelt haar mobiel.

"Met Jeroen liefje, is alles in orde?"
"Nee, maar ik ben zo blij dat je belt."
Haar stem begeeft het en tot haar ergernis barst ze in snikken uit. Jeroen wacht en ze is hem dankbaar dat hij niets zegt. Dan snuit ze haar neus en vertelt wat er gebeurd is. Op het eind zwakt ze zelf alles af door te zeggen: "Sorry Jeroen, zo'n drama is het nu ook weer niet. Ik snap niet waar die vandalen zin in hadden met die kou."
"Zal ik vanavond naar je toekomen?'
"Nee schat, dat hoeft niet. Ik wil gaan lezen en morgen is nog tijd genoeg."
"Niet bang zijn meisje."
Nu lacht Mees en zegt plagerig: "Dan kan ik jou nog altijd bellen toch?"

Ze weet niet precies hoe oud de eikenboom is, want hij stond al te pronken in de tuin toen mama in het huis ging wonen. Hij is zeker ouder als tien jaar, want hij is overeind gebleven, had voor de eerste keer gebloeid en daarna eikels gedragen en weer laten vallen. Zijn soortgenoten die rondom hem waren ontkiemd, moesten het loodje leggen. In een concurrentiestrijd om het licht was het hem gelukt om een brede kroon te vormen en het meeste licht te vangen. In zijn schaduw waren de andere bomen verzwakt en ten prooi gevallen aan schimmels en kevers.
Mama Lucie had een biefstukzwam van zijn stam geplukt en hem binnen gelegd om te drogen.

“Zo ben je buiten en binnen.” had ze gezegd. Voor Mees is hij het symbool van kracht en overleven, en ze weet dat hij het ook nu zal redden.

Er komt die avond echter weinig van lezen, omdat haar gedachten afdwalen naar de trol. Ze ziet hem weer voor zich in zijn oorspronkelijke vorm. Hij was eerst lelijk, grof en nogal dreigend geweest, omdat het de bedoeling was dat hij haar tuin zou bewaken. Maar al beitelend en schurend was een dierbare vriend ontstaan die herinneringen boven haalde uit haar kindertijd. Mees had gehuiverd wanneer mama over de mythologische wezens vertelde die oorspronkelijk uit Noorwegen kwamen. Dit onvriendelijk, lelijke en zelfs gewelddadig soort dwergen at mensen op, versteende in het zonlicht en was alleen bang als er kerkklokken luidden. Toen haar trol bijna klaar was, had hij haar met zijn uitpuilende ogen waarderend aangekeken en ze had nog vlug een knobbel van zijn neus weg geveild.
Bij Lucie hield het echter niet op toen Mees geen kind meer was. Ze is nog steeds gefascineerd door alles wat met trollen te maken heeft. Ze ging er zelfs een keer voor naar de Efteling, terwijl ze een hekel heeft aan pretparken.
Toen Mees haar trol eindelijk af had was mama’s mening uiterst belangrijk, ze stond er erg lang na te kijken en verzuchtte toen: “Gelukkig heb jij een aardige trol gemaakt. Het lijkt erop dat deze wel

zeshonderd jaar kan worden en net als zijn voorgangers de toekomst kan voorspellen. Omdat hij geliefd zal worden bij de mensen, krijgt hij het vast moeilijk bij zijn soortgenoten. Ik hoop dat ze niet jaloers worden en hem zijn plek in jouw tuin gunnen."

Mees had het niet gewaagd om te lachen en het kwam niet in haar hoofd op om mama tegen te spreken. Alsof Lucie zich een beetje schaamde voor haar magisch gepraat, ze liet erop volgen: "Volgens het trollensprookje in de Efteling stond er een enorme kei voor de oude holle boom, waarin de vriendelijke trol woonde. Op het gladde stuk van die steen stond een wijzerplaat met alle sterrenbeelden. Wilde je raad vragen, dan moest je de wijzer op jouw naambeeld zetten."

Toen ze na een lange bezichtiging van huizen, het boshuis hadden gekocht, waren ze naar een trollenboom gaan zoeken. Dat viel nog niet mee en het eerste jaar lukte het dan ook niet. Maar in het vroege voorjaar van het tweede jaar, verklapte de trol zijn verblijfplaats op een echte trollenmanier. Mees liep met Lucie te wandelen en ze zochten niet eens, toen Lucie struikelde over een boomwortel en viel. Het was de wortel van een eik en mama die zich flink had bezeerd, vloekte: "Verdomme, dat had ik als kind al dat ik vaak viel."

Ze wreef over haar knie en wilde overeind komen, toen ze gilde: “Hier is het Mees, kijk de ingang van de woning van dat monster.”
Mees bukte zich en meende de nagalm van Lucies stem te horen tussen de boomstammen en ze huiverde. Ze vond mama’s verhalen wel leuk maar genoot meer van haar kennis van het bos. Want dankzij haar weet ze nu dat de Groene specht zijn nest maakt in de holte van een eikenboom. Dit is een moeizaam karwei dat soms wel veertien dagen kan duren. De eieren worden op een laagje spaanders gelegd en de jongen verraden hun aanwezigheid met jankende en piepende geluiden. Ze worden gevoed met mieren en de poppen ervan, die moeders met haar lange tong tevoorschijn haalt. In het voorjaar maakt deze Groene specht geluiden die doen denken aan een hinnikend paard, het is dan ook een van de weinige vogels die kan lachen. Mama vertelt dit soort wijsheden heel anders dan papa het deed. Mees heeft veel van hem geleerd maar Lucie is veel duidelijker. Peter was een dromer en erg gevoelig voor sfeer. Ze begreep vaak zijn diffuus gepraat niet en het had lang geduurd voor ze begreep wat reïncarnatie betekende. Als papa naar een pluizige hond met kale plekken wees en zei: “Dat is eerst een slecht mens geweest’, kon ze zich daar niets bij voorstellen. Toch hield ze van zijn wazige zinnen, omdat ze zo geheimzinnig waren.

Het waren mooie heftige dagen geweest toen ze werkte aan het beeld.
Ze had Jeroen voor de eerste keer ontmoet toen ze een week op de zaak werkte. Ze was onderaan begonnen en vastbesloten veel te leren om haar positie te verbeteren. Het belangrijkste zou zijn dat haar werk niet saai werd en vol uitdaging bleef. Jeroen was haar kamer binnengelopen die ze met twee vrouwelijke collega's deelde. Onmiddellijk veranderde de sfeer: De spanning droop van de meiden af en vooral de oudste medewerkster sloofde zich uit om goed voor de dag te komen. Agnes Laroux was negenendertig en al jaren werkzaam als programmeur. Toch, alsof ze wisten dat dwepen met een man niet past in een modern reclamebureau, men hield zich in. Vooral Agnes probeerde zich krampachtig een houding te geven van de zelfstandige, onafhankelijke vrouw. Mees denkt dat ze iets met Jeroen gehad heeft, want er is iets tussen die twee wat ongrijpbaar is. Verstolen blikken en een spanningsveld dat onmiddellijk ontstaat wanneer ze samen zijn. Agnes is mooi, maar ze heeft een schoonheid die niet van binnenuit komt. Alles aan haar, vanaf haar kapsel tot de moderne schoenen, is aangepast aan de trend die heerst in de modewereld. Ze doet haar werk goed, maar Mees weet dat ze zelden een eigen mening heeft. Toch is ze slim, want het lijkt of gestolen ideeën rechtstreeks uit haar koker komen. Omdat Mees slecht haar mond kan houden, heeft

ze al menig aanvaring met haar gehad. Ze heeft echter geleerd zich in te houden en probeert nu om Agnes ijver niet de nek om te draaien. Maar vriendinnen zullen ze nooit worden.

Mees legt haar boek weg en zet de televisie aan. Er verschijnt weer een of andere talentenjacht op het scherm en ze wordt, ondanks de nep van dit programma, geboeid door de stem van een heel jong meisje. Ze zingt: Don't leave me now, en brengt haar weer bij de beginperiode van haar verliefdheid.
Ze was aan hem voorgesteld die dag en onmiddellijk in de ban van zijn charme. Ze had gedacht: daar ben je dan!
De man waarvan ik stiekem gedroomd heb. Waar bleef je zo lang, je hebt me belet om verliefd te worden op talloze vrienden uit mijn omgeving. Zeg nog even niets, want ik ben bang dat jouw stem een grote teleurstelling wordt. Maar het ging goed: Jeroen aarzelde, was ontwapenend, hulpeloos bijna. Maar op het moment dat hij zijn functie onthulde ontstond er een ijzige grens die haar op afstand probeerde te houden. Tot haar voldoening lukte dat niet helemaal, omdat er ook bij hem iets gebeurde. Mees had nooit geloofd in liefde op het eerste gezicht, maar nu moest ze toegeven dat het wel degelijk bestond. Tot haar ergernis zei ze stotterend wie ze was en sloot zo aan bij de stupide verering van haar collega's. Ze gingen de dag na

deze ontmoeting samen iets drinken en belandden na afloop in bed. Dit bed stond in zijn dure appartement en het leven was een wonder! Zijn lichaam en het hare kenden geen enkele vrees, ze wist zich geborgen in zijn armen. Ze voelde zijn hart even snel kloppen als haar hart en genoot van zijn overgave. Zij herinnert zich van die eerste keer vooral een voortdurend vastklampen aan elkaar en dat alles overweldigend heerlijk was.

Jeroen, liefste Jeroen!
Soms lijkt het wel alsof hij het haar kwalijk neemt dat hij onmiddellijk voor haar gevallen is. Ze begrijpt dat wel. Haar gevoelens voor hem hebben ook alles op de kop gezet. Haar rustige, geordende leven is veranderd en naast geluk is er een voortdurende dreiging van verlatenheid.
Maar al na een paar weken ontstonden de eerste scheuren in hun verhouding.
Jeroen vroeg haar na een diner op een hotelboot ten huwelijk en deed dit zo plechtig dat ze in de lach schoot. Dit bleek helemaal verkeerd te vallen, want ze zag zijn bruine ogen bijna zwart worden van woede.
"Lach je me nu uit Mees?"
"Sorry Jeroen, maar je bent net iemand uit een oude film."
Ze had onmiddellijk spijt gehad en moest aan haar moeder denken die haar vaak gewaarschuwd had voor haar brutaliteit. Jeroen had afgerekend en haar

naar huis gebracht. Ze voelde zijn kwaadheid, maar zag bij het afscheid angst in zijn ogen en de hulpeloosheid die haar de eerste dag zo had geraakt. Zij had hem gevraagd om nog even binnen te komen, want ze wilde het goedmaken. Maar hij weigerde en vertrok met een stijfheid die haar verbaasde. Gelukkig hadden ze het al gauw bijgelegd en kon ze hem vertellen dat ze dol op hem was, maar dat zijn huwelijksaanzoek haar had overvallen. En hij was het met haar eens dat het ook wel erg vlug gebeurd was. Zij stortten zich beiden op hun werk en ze kreeg de indruk dat Jeroen niet zo blij was met haar promoties. Hij had op een avond, toen hij teveel gedronken had, gezegd: “Je bent toch niet van plan om mij voorbij te streven?”
Mees zucht en vraagt zich af waarom ze Jeroens aanbod om te komen afgeslagen heeft.
Ze wil niet zo gaan slapen en toetst zijn nummer in.
“Met Jeroen Bodegraven.”
“Met mij liefste, ik wil je even zeggen dat ik van je hou.”
Het blijft even stil en het is net alsof hij iets wegslikt.
“Ik hou van jou Meesje en ik kom morgenvroeg naar je toe.”
“Had je niet gezien op je mobiel dat ik het was?”
“Nee, want ik heb geloof ik teveel wijn op.”

Mees weet niet waarom ze zich opeens schuldig voelt en ze zegt:"Ga dan maar lekker slapen liefste."

Niet bang zijn meisje!
Papa moest wanneer ze samen gingen toeren (toeren was gewoon wat rondrijden zonder doel) altijd plekken opzoeken die Mees nog niet gezien had. Zij durfde hem dan niet te zeggen dat ze veel liever had dat hij een bekende route nam, die vertrouwd en overzichtelijk was. Peter kon slingerend een weg inrijden waar het landschap totaal verschilde van het vorige. Hij reed langzaam naar rechts, dan een stuk rechtdoor en weer naar links. En zij zag met afschuw dat ze een onverharde weg vol kuilen inreden en wist al wat er komen ging.
"Even scheuren", zei hij en gaf gas. Steentjes ketsten tegen de onderkant van de auto en zand schuurde langs de ramen. Mees voelde zich, net als de omgeving die langs schoof, steeds vreemder worden en ze dacht: papa is de weg kwijt.
Maar Peter maakte zich nergens zorgen over en hij reed alsof hij precies wist wat hij deed. Hij praatte en schreeuwde enthousiast en door haar angst begreep ze er geen snars van.
Op een broeierige zondagmiddag gebeurde er iets dat alles nog erger maakte. Ze waren van huis weggereden met stralend weer maar op alweer de verkeerde weg, verduisterde de hemel en spatten

er om te beginnen dikke regendruppels op de voorruit. Mees werd nog banger dan ze al was want ze zag een loodgrijze muur van wolken in de verte en voelde een windvlaag die de auto haast optilde. Papa ging gelukkig langzaam rijden en hij bekeek haar lachend: “Hé Meesje, je bent toch niet bang?” Ze aarzelde maar durfde toch te zeggen: “Ja, ik ben doodsbang.”

Papa’s lach verdween en hij zei op sussende toon: “Dat hoeft niet schatje, er komt alleen onweer en daar weet ik alles van. Je zit hier heel veilig want door het rubber van de autobanden ketst de bliksem af. Wanneer je ooit alleen bent, ga dan nooit onder een boom staan…”

Hij wilde waarschijnlijk nog veel meer zeggen, maar een zware donderslag brak hem af. Mees had geen bliksem gezien, ze voelde de auto naar rechts zwenken en zag dat papa vocht om hem op de inmiddels natte weg te houden. Het vreemde was dat ze na papa’s korte uitleg niet zo bang meer was en had er het volste vertrouwen in dat hij alles onder controle had. Hij bracht het geplaagde voertuig tot stilstand en het was net of ze in een kleine hut midden in het noodweer zaten. De regen gutste inmiddels over hen heen en nu zag Mees hoe schitterend de bliksemstralen de lucht doorkliefden. Peter was haar vertrouwde papa weer en hij gaf haar die middag een bijzondere levensles.

Dat het heel goed en verstandig is om je angst te benoemen, want dan is het mogelijk om te onderzoeken waar ze vandaan komt. En als je dan in staat bent om angstspoken in de ogen te kijken, word je heel sterk.
Jaren later ontdekte Mees dat zij zich vooral bevreesd voelde in extreme weersomstandigheden. In de omgang met mensen was ze niet snel bang en kon heel goed voor zichzelf opkomen.

Wat ze papa niet verteld had was, dat haar angst veel dieper zat.
Een déjà vu van verdwalen had door haar hoofd gespookt, en even later wilde ze het vertellen maar vond de juiste woorden niet. Want hoe beschrijf je een gebeurtenis die je verdrongen hebt?
Dat ze een tijd geleden ongehoorzaam was geweest. Ze was met kleine Jim naar het Oude bos gegaan. Ze mocht daar niet alleen naar toe omdat het veel te ver van huis was. Ze was toen ze er met haar ouders was gaan wandelen gefascineerd geweest, omdat het op een sprookjesbos leek. Bij de ingang lag een gigantisch grote zwerfkei als de wachter van het woud. Ze was er toen van overtuigd geweest dat het bos oeroud was en vol geheimen zat.
Met Jim was ze verdwaald, ze hadden allebei gerend en waren buiten adem van angst geweest. Het Oude bos veranderde in een kille, donkere plek waar alles erop uit was om haar in een val te

lokken. Ze hoorde geritsel en gekreun en viel een paar keer over wortels en takken. Het was er heuvelachtig en op een sterk afdalend pad leken de muren van mos op haar af te komen. Toen ze eindelijk de zwerfkei vonden, had ze er snikkend tegenaan geleund. Kleine Jim had net gedaan alsof het hem niets deed, maar zij was kwaad geworden omdat ze wel degelijk zijn angstzweet rook. En het had heel lang geduurd voordat ze weer genieten kon van de bossen.

Het is midden in de nacht, ze laat Kelly uit en kijkt bewust niet naar het vernielde beeld. Het lopen over de bospaden maakt haar rustig en ze gebruikt niet een keer de zaklamp, omdat Kelly met haar riem nergens verstrikt in raakt. Het is bijna volle maan en ze ziet dat alles is zoals altijd: Verstilde bomen en struiken die niet van hun stuk gebracht zijn door de indringer van vanmiddag. Ze zal morgen kijken of ze iets kan doen aan de stam van de oude eik. Met pijn in haar hart weet ze dat hij er jaren over zal doen om te genezen. Eerst zal er veel vocht loskomen dat na de vorst zal stollen en steeds harder worden. Zoals een slang die zijn oude vel heeft afgegooid, zal hij een nieuwe huid aanmaken. In het begin mosachtig, maar na verloop van heel veel tijd veranderend in schors.
Ze weet dat het bos iets bedrieglijkst heeft, haar iedere keer weer voor verrassingen zet. Want de schaduwen die bewegen zijn niet van mensen die

plotseling voor haar opduiken, maar komen van struiken en wiegende takken. De geluiden die ze hoort zijn geen stemmen in haar hoofd, maar kreunende stammen en een nachtvogel die schreeuwt. Ze is zo gewend aan deze paden dat ze precies weet wanneer ze moet bukken om laaghangende takken uit de weg te gaan. Ook kent ze de oneffenheden en de boven de grond gekropen boomwortels, die ze ontwijkt. Ze is niet bang van het donker in deze slapende en wakende natuur, omdat alles te verklaren is. Er zijn dag- en nachtdieren en zij hoort nu bij de laatste.
Mees loopt op weg naar huis niet door tot aan het einde van het lange pad, dat naar een rijweg leidt. Ze heeft geen zin in hard rijdend verkeer dat zich er niets van aantrekt of er nu wild zit of niet. En ze hoeft ook niet geconfronteerd te worden met een stilstaande auto met beslagen ramen waarin een vluggertje wordt gemaakt. Het is te gek voor woorden dat zij dan een ongemakkelijk gevoel krijgt en soms zelfs "Sorry" zegt. Ze ziet dan witte billen voor zich, die niet alleen gebruikt worden om op te zitten, handen die meer rukken en knijpen dan strelen, en voeten die zich afzetten tegen het portier.
Jeroen zou zoiets nooit doen, terwijl zijzelf het wel spannend zou vinden als hij overdag op de heide zou stoppen, om haar te berijden in plaats van zijn dure slee. Hij doet alles in stijl en ze moet toegeven dat, al vrijt hij niet in de auto, zijn bed veelvuldig

wordt gebruikt. Mees heeft dikwijls wel een hekel aan de zwarte gladde lakens die haar doen denken aan een doodskist, terwijl daar toch meestal witte zijde voor wordt gebruikt. Maar deze sterfassociatie verdwijnt onmiddellijk als Mees zich uitkleedt en ziet hoe hij ligt te wachten. Hij heeft haar nog nooit ook maar van een kledingstuk ontdaan en wacht als een pasja op zijn minnares. Zij wil vaak bovenop hem klimmen, maar die houding is niet zijn favoriet.
Maar ondanks dat hij vaak de leiding neemt, verandert de kamer in een flonkerend vertrek, waarin zij dwalen mag.
Zij dwaalt nu door het bos, waarin tot nu toe niets rampzaligs met haar gebeurd is. Ze hoopt opnieuw dat de onthoofde trol een groot misverstand mag zijn. Ze wil hier vaak naar toe kunnen gaan, want ze is immers niet vertrokken toen er een drama van ongekende omvang was gebeurd. Ze huivert nog wel eens als ze op het eind van de zomer bij het zien van de zwarte bosbessen, herinnert wordt aan de verdwijning van een baby. Zijn ouders hadden hem in zijn wagen, beschermd door een tulen scherm, aan de kant van een pad laten staan. Ze waren met zijn broertje, die met zijn vierjarige beentjes dicht in hun buurt was gebleven, bosbessen gaan plukken.
En het onvoorstelbare gebeurde.
Ze kwamen vrolijk kletsend terug bij hun jongste, die sliep toen ze hem verlaten hadden. De

kinderwagen was leeg en het muggennet hing onbeweeglijk en nog net zo als toen ze vertrokken waren. Mees hoorde op het nieuws over het Amber Alert wat onmiddellijk was ingegaan en kon haast niet geloven dat dit drama in haar bos was gebeurd. Het had zo'n overweldigende impact gehad dat ze nog jaren de beste bosbessenplek vermeed. En ook fantaseert ze vaak over de twee maanden oude baby die nooit teruggevonden is. Ze kijkt soms verschrikt een paar met een kind aan, dat ze onverwacht tegenkomt. Is dit de zwaar getroffen moeder die wankelt als het jongetje over een boomstronk struikelt en valt?
Het hele bos was toen uitgekamd en het was maar goed dat ze Kelly nog niet had, want zij had zich hees geblaft en misschien de speurhonden aangevallen. Mama had er alle begrip voor opgebracht dat haar boshuis werd doorzocht, maar ze had 's avonds een wanhopige huilbui gekregen.

Ze ligt even later in bed en bedenkt dat ze vergeten is het raam naast haar open te zetten. Ze laat het maar zo, omdat de hond er pal onder is gaan liggen. Dat doet ze anders nooit, ze ligt altijd in haar mand aan de andere kant van het bed.
"Welterusten Kelly," haar stem klinkt ontspannen en zo voelt ze zich ook. Morgenvroeg komt Jeroen en is alles goed. Mees ligt op haar rug en hoeft niet van houding te veranderen voordat ze wegzakt in een diepe slaap. Ze weet eerst niet waar ze is

wanneer ze wakker schrikt van Kelly, die zachtjes ligt te grommen onder het raam. Ze strekt haar rechterarm uit en zoekt Jeroens lichaam. Dan pas, nadat ze op haar zij is gaan liggen, dringt het tot haar door dat ze alleen is in het boshuis. Alleen met Kelly die is gaan staan en steeds harder gromt. Voordat zij in blaffen zal uitbarsten, moet ze haar kalmeren.
“Rustig meisje, er is…”
Mees maakt haar zin niet af en gaat rechtop zitten, want ze hoort een zware klap op het raam zo dicht naast haar. Ze verstijft van top tot teen, want het is geen afgebroken tak, daarvoor is de nacht te stil. Kelly is nu niet meer te houden. Ze blaft keihard, op driftig dreigende toon en ertussen door lijkt haar lijf op een grommende machine. Zij springt op het bed en er weer vanaf en Mees ziet, in het licht van de lamp die ze heeft aangeknipt, dat haar stugge bruine haar nu rechtop staat van opwinding. Ze stapt uit bed, trekt haar ochtendjas aan die naast haar op de knop van de kast hangt, en loopt naar de kamer. Ze weet ondertussen dat ze de voordeur dicht laat. Niet alleen voor haar zelf, maar ook voor de hond die ze niet in het donker wil kwijtraken. Kelly zal ongetwijfeld achter de indringer aangaan want dat het een mens is die haar de stuipen op het lijf jaagt, weet ze zeker. Of het door de woedende hond komt, ze is niet erg bang.

Ze kijkt door het raam, maar ziet niets verdachts. Allerlei verwarde gedachten gaan door haar hoofd en opnieuw verlangt ze naar Jeroen.
Wat gebeurt er allemaal?
Welke idioot haat haar zo dat hij haar niet met rust laat?
Ze weet dat ze geen gemakkelijke figuur is, maar ze staat met niemand op voet van oorlog. Opeens ziet Mees haar moeder voor zich en wordt nog kwader dan ze al was. Mama is er weer eens niet. Zij gaat iedere winter naar zuid-Spanje om de kou te ontvluchten. Ze heeft zich daar nooit druk om gemaakt, maar nu zou ze haar dochter toch moeten helpen. Daar zijn moeders voor. Maar mamma blijkt niet helemaal verdwenen te zijn, want ze hoort haar zeggen: "Kop op Mees, je bent mijn kanjer!"
En deze zin, die ze gezegd heeft voordat ze in het vliegtuig stapte, maakt haar minder kwaad. Ze vraagt zich net af of ze de achterkant van het huis moet controleren en naar het raam zal kijken, als er weer gebonsd wordt. Ze hoort daarna, ondanks dat Kelly bijna gek wordt, iemand wegrennen door de krakende sneeuw. Ze wacht met wild bonzend hart of ze een auto hoort starten, maar het is opeens doodstil. Mees gaat op de bank zitten en roept de hond die haar verwachtingsvol aankijkt.
"Nee Kel, we blijven binnen."
Haar stem trilt en klinkt vreemd hees; ze is nu doodsbang en ergert zich daarover. Ze blijft een

tijdlang in elkaar gedoken zitten en denkt erover om boven te gaan liggen. Daar staat nog een opgemaakt bed in een vrij ruime kamer, maar ze verwerpt dit idee. Ze ziet dat het een paar minuten over drie is en wil ze nog wat slapen, dan moet ze terug onder het nog warme dekbed. Naar een idee van mamma heeft ze in de winter altijd een warmwaterzak in bed. Wanneer ze ligt vraagt ze Kelly om bij haar te komen, maar de hond blijft in de mand waar zij nu wel is ingekropen. Ondanks alles geeft dit haar een goed gevoel, de hond weet waarschijnlijk dat de kust nu veilig is. Mees probeert te ontspannen en denkt: Straks als het licht wordt komt er vast een verklaring voor deze lugubere gebeurtenissen.

Maar dan opeens voelt ze weer de pijn in haar hoofd en begint hevig te trillen. Vanmiddag werd ze woedend en begrijpt nu waarom. Ze heeft willen verdringen wat altijd ergens diep van binnen haar rust verstoort. Ze hoort weer mama's stem die haar voorzichtig vertelt wat er gebeurd is toen ze acht maanden was. Haar vader had haar uit haar bedje gehaald omdat ze huilde. Hij had haar de trap afgedragen en was vol trots de kamer binnen gestapt. De kamer was vol mensen omdat mama's verjaardag werd gevierd. Toen had hij haar opeens uit zijn armen laten vallen. Het was onverklaarbaar en papa had geschreeuwd, voordat alle geroezemoes verdween.

Nu ligt Mees bevend in haar bed en weet niet meer wat er daarna gebeurd is.
Er zit maar een ding op: ze moet proberen haar angst kwijt te raken met een gewoonte die ze zichzelf heeft aangeleerd en die niets verontrustends heeft. Ze sluit haar ogen, legt haar handen op haar buik en gaat op reis naar het landschap waar rust en schoonheid is: een golvend wijds grasland met blauwe bergen in de verte en erboven een tint lichtere lucht zonder wolken. Het kost tijd maar uiteindelijk schuift ze voorzichtig in een onrustige slaap.

Jeroen arriveert precies om tien uur en Mees ligt nog in bed. Deze keer is Kelly's geblaf van een heel ander kaliber, maar toch schrikt ze weer en springt uit bed. Jeroen staat al in haar slaapkamer en hij zegt lachend: "Het is hier heel gemakkelijk om een mooie naakte vrouw te ontvoeren."
Zij is inderdaad naakt omdat zo lang als ze zich kan herinneren, ze zonder kleren slaapt.
"Wel een warme zak en geen nachthemd," vervolgt Jeroen en hij omhelst haar. Dan wil hij zijn jas, trui, schoenen en broek uittrekken. maar Mees houdt hem tegen.
"Nee liefste dat komt later, ik moet je wat vertellen."
"Sorry schat, je bent ook zo mooi als je haar alle kanten opstaat. Ik heb de trol gezien en degene die

dit gedaan heeft gaat er zwaar voor boeten. Kleed je gauw aan, dan maak ik ondertussen de kachel aan en zorg voor het ontbijt."
Mees is blij en verwonderd over Jeroens woordenstroom en ze verdringt de gedachte dat ze liever had gehad dat hij vannacht bij haar was geweest. Ze is een zeur aan het worden, een wispelturige muts die haar zelfvertrouwen niet moet verliezen. Ze vertelt haar liefste wat er die nacht gebeurd is.
Met de aangroeiende warmte in de kamer en het uitgebreid ontbijt komt haar optimisme terug en ze laat het maar gebeuren dat Jeroen de politie belt.
"Het is zaterdag en waarschijnlijk komt er niemand."
"Hoe kom je erbij, wat er vannacht gebeurd is kan je niet zomaar wegschuiven."
Het is niets voor haar om te verdringen wat er gebeurd is, maar ze beseft dat ze toch bang is voor het ongrijpbare dat haar liefste plek belaagd. Alles is te bizar voor woorden en het is geen wonder dat oude angst de kop op steekt.

Maar wanneer er twee agenten zijn geweest die goed geluisterd hebben en haar aanraden aangifte te doen op het bureau, is ze opgelucht. De jongste heeft haar door een verspreking enorm gerustgesteld. Hij zei opeens dat er in het afkickcentrum voor drugsverslaafden in de buurt, een jonge man was verdwenen. Hij had dit

waarschijnlijk niet mogen zeggen want zijn senior keek geërgerd en kwam met de opmerking:"Dat heeft hier niets mee te maken."
Maar toen kwam Jeroen: "Ik vind dat we er recht op hebben om te weten over wie dit gaat."
"Een verwarde, zwaar verslaafde man van twintig jaar."
En Jeroen weer: "Zorg er dan maar voor dat hij snel gevonden wordt."
Mees is niet alleen opgelucht, ze voelt zich blij omdat er een last van haar schouders valt.
Dit is het natuurlijk!
Een onbekende, hevig gekwelde man die niet weet wat hij doet. Hij haat haar niet, maar is waarschijnlijk op zoek naar aandacht. Maar die bijl dan!
Koortsachtig denkt ze na en vraagt zich af of dit stuk gereedschap inderdaad van haar moeder is. Ze heeft hem vanmorgen goed bekeken en gezien dat hij vrij nieuw is, en nogal klein. Mamma heeft de bijl misschien in het begin van de herfst gekocht om er mee te snoeien. Daarbij komt dat de schuurdeur nooit op slot is. Ze denkt opeens weer aan het boekje en bekijkt het nog eens goed. Ze ziet niets nieuws, alleen dat de kaft van zwart leer is.
En in de namiddag tijdens een wandeling in het bos, voelt Mees de warme hand van Jeroen door haar handschoen heen en ze is gelukkig. Ze ziet opnieuw hoe rijk ze is en neemt het besluit om zich

door niemand te laten wegjagen uit het bos. Zij heeft vanmorgen niets verteld over de pijnlijke herinnering aan papa, maar nu vertrouwt ze Jeroen iets meer toe uit haar jeugd. Dat ze haar vader, ondanks dat ze pas acht jaar was toen hij verdween, nog duidelijk voor ogen ziet.

"Hij was lang en slank met een mooi gevormd hoofd, donkerbruin haar, grijsblauwe ogen en zijn geur bracht troost," zegt ze zacht en voelt haar ogen vochtig worden.
"Mijn moeder heeft steeds gezegd dat zijn vertrek niets met mij te maken had. Wat ik wel weet is dat de tijd met hem de mooiste in mijn leven was en daar is niets sentimenteels bij. Ik voelde me vrolijk, ontspannen en beschermd. Papa kon de kleine dingen groots maken en hij heeft me zo oneindig veel geleerd. Ik kon het maar niet begrijpen dat hij verdwenen was en herhaalde een paar keer per dag de zin: "We vinden hem wel!"
Mees stopt abrupt, omdat ze te dicht bij iets komt dat Jeroen niet weten mag. Dat ze sinds papa's verdwijning in nog veel meer herhalingen is gevallen. Ze schrikt dan ook wanneer hij zegt: "Je hebt gelijk gekregen, alleen op een afschuwelijke manier."

Mees weet vrijwel onmiddellijk na haar invulling van de mogelijke dader die de trol vernield kan hebben, dat ze het hier toch niet bij laat zitten. Daar

is ze teveel controlefreak voor. Ze gaat op internet zoeken naar het tehuis dat het dichts in de buurt van het boshuis ligt. Ze ziet een vrolijk, opgewekt en vooral heel schoon filmpje over de crisisopvang. Goed geklede en geknipte bewoners lopen over de paden van een goed verzorgde tuin, en een paar van hen wuift naar de camera. Op deze film is het zomer en ze hoort uitbundig gefluit van vogels tussen het gebabbel van de bewoners. Het beeld van de gedrogeerde verwarde man, past hier totaal niet bij. Ze luistert naar de opgewekte stem van een jonge vrouw die met een vrije blik en bijpassende gebaren haar verhaal doet. Naarmate dit vordert denkt Mees beroepsmatig: het ligt er allemaal zo dik boven op, dat het ongeloofwaardig wordt. Zinnen als: We streven ernaar dat de bewoners zich zo veel mogelijk thuis voelen.
Een goede toekomst opbouwen en die toekomst zo houden.
Dagstructuur en vaste regels.
Uitgaan van wat de cliënt kan en niet zijn onkunde bevestigen, kunnen in elk willekeurig tehuis passen. Niet een keer hoort ze iets over de problemen van alcohol en drugsverslaving. En zo te horen wordt iedereen er na drie maanden weer uitgegooid. Wel wordt er nog gekeken naar het sociaal netwerk waar de cliënt terecht komt na de opvang.
Het zal wel: denkt Mees en ze besluit om zelf poolshoogte te gaan nemen.

Om te beginnen is ze echter niet welkom want het hoge hek is gesloten en beveiligd door camera's. Ze ergert zich enorm wanneer blijkt dat ze in een kastje moet praten en ze bootst onwillekeurig de wat metalen stem na, die haar verzoekt zich te melden. Dan maakt ze in haar zenuwen een gigantische blunder, omdat ze haar naam verzwijgt en op de proppen komt met het reclamebureau waar ze werkt. De poort blijft hermetisch gesloten, maar op de troosteloze lege paden verschijnt een jonge man in spijkerbroek en T-shirt. Hij loopt in een drafje op haar af en trekt daarbij met zijn linkerbeen, zijn armen lijken op de vlerken van een kraai, ze zwiepen heen en weer.
Cliënt of verzorger?
Dit wordt al gauw duidelijk als hij bij het hek komt staan en zwijgend een briefje door de tralies steekt. Mees leest de schuin naar beneden lopende letters:
Het woud versluiert alle gevoel,
de lucht is dik,
de nacht zaait verderf,
alleen de geur van de zwarte aarde brengt troost.
Wat moet ze hiermee?
Ze staat net op het punt om weg te gaan, als er een tweede man nadert. Hij rent niet maar loopt bedaard met een veel te rechte rug, op de jongen af. Waarom krijgt ze nu bij iedere afgemeten stap, de neiging om zich om te draaien en haar auto op te zoeken? Ze moet maken dat ze wegkomt, dit is een zinloze onderneming.

In eerste instantie wordt Mees genegeerd en krijgt de cliënt zoals het hoort alle aandacht.
"Kom naar binnen Jeffrey, het is veel te koud om zonder jas naar buiten te gaan."
De jongen reageert niet maar houdt nauwlettend het briefje in de gaten, dat Mees hem nu teruggeeft.
"Mooi", zegt ze, hij kijkt of alle woorden er nog zijn en steekt dan het verwarde gedicht in zijn zak.
"Dat van dat reclamebureau was niet zo'n slimme zet, ik heet Mees Irving."
Het is nu ook weer niet nodig om haar echte naam prijs te geven. Mees Notenboom wordt sowieso vaak beschouwt als een grap, of geassocieerd met de schrijver die twee o's in zijn naam heeft. De stijve hulpverlener lijkt echter reuze mee te vallen, want hij onderneemt een poging om haar binnen te laten. Hij buigt zich naar het kastje maar ze onderbreekt hem snel.
"Nee laat maar, ik heb een vraag en die kan jij waarschijnlijk best beantwoorden."
Ze kijkt naar Jeffrey in zijn T-shirt met korte mouwen en ziet dat hij nu staat te rillen en slikbewegingen maakt.
"Is er pas geleden een bewoner ontsnapt en later weer teruggevonden?"
"Niet gevonden maar uit zichzelf terug gekomen", zegt de man en er ligt iets van trots in zijn stem.
"Heeft hij nog iets verteld?"
"Nee, alleen dat hij constant door moest lopen en zo verschrikkelijk moe werd."

“Dan weet ik genoeg, bedankt allebei.”
Er verschijnt een verbaasde glimlach om Jeffrey’s mond en hij bestudeert zijn gedicht. Dan kijkt hij Mees voor de eerste keer echt aan en zegt: “Ik kom hier echt wel uit.”
Zijn gezicht licht een kort moment heel mooi op, maar dan verslappen zijn trekken weer. Hij doet haar denken aan de krentenboom in de bostuin. Slechts even vertoont zij in het voorjaar haar prachtige witte bloesem, die zonder spijt de volgende dag wordt afgeschud.
Op weg naar huis is er geen voorjaar meer, geen witte bloemen die oplichten in een vernieuwd bos. Mees voelt opeens met stokkende adem en een duizeling in haar hoofd dat ze zo juist gehoord heeft wat ze eigenlijk al wist: er bestaat wel degelijk een gestoorde maniak die hartgrondig de pest aan haar heeft en die niet een maar twee keer kwam om haar op het verkeerde been te zetten. Er is geen vergissing mogelijk.
Zou ze in de grote stad wonen, dan kon ze nog een ander scenario bedenken: baldadige jeugd die vernielend haar frustratie kwijt moest. Maar in het bos?
Niet dat het daar allemaal pais en vree is want wreedheid voert daar vaak de boventoon. Nergens ter wereld worden lijken zo vlug ontbonden en gulzige mieren, insecten en wormen doen zich dagelijks te goed aan vermoorde bewoners. Zij heeft een keer een roofvogel op een konijn zien

inhakken en zich walgend afgekeerd, omdat ze meende te zien dat er nog leven zat in die panische ogen.

Dan schiet er iets nieuws door Mees heen.

Het is natuurlijk ook mogelijk dat het zo maar iemand was, die tijdens een wandeling om tot rust te komen, is doorgeslagen bij het zien van haar trol. Als kind net als zij vaak voorgelezen, en doodsbang geworden van het wrede Noorse volkje. Dan loop je verdrietig en kwaad over die tijd te mokken, en kijkt zo'n monster je opeens weer aan. Je rent erop af en wil voor eens en altijd jouw gram kwijt: je schopt de trol van zijn voetstuk, maar dat is niet genoeg. Door een stom toeval, of misschien wel geluk is die schuurdeur niet op slot en ligt er een glimmende, bijna nieuwe bijl klaar. Je beukt erop los, slaat zijn gemene kop eraf en met die kop ontdoe je jezelf van duizenden oude angsten.

Zoiets moet het geweest zijn, denkt Mees maar ze is totaal niet opgelucht. Want waarom niet alleen de trol en moesten ook haar bomen het ontgelden? Ze kan er niet tegen dat alles door elkaar loopt en nu werkt ze daar zelf aan mee. Is het niet veel eenvoudiger om de hele boel los te laten en liefst nog te vergeten?

Ze weet dat mama Lucie dat kan, ook al wordt ze dagelijks bezocht door pijnlijke herinneringen. Mama vereenzelvigt zich het liefst met de naïeve, blije momenten in haar leven.

Zij is nog nooit verdwaald in het bos en ze denkt eraan dat net zo'n figuur als Jeffrey de hele nacht heeft lopen dwalen, voordat hij de weg heeft teruggevonden naar het tehuis. Hij zal zwaar in paniek geweest zijn en gedacht hebben: ik moet blijven lopen want anders vries ik dood. Dat is een heldere, slimme gedachte van een verward iemand, die ongetwijfeld bijna bezweken is.
Heeft hij het licht in het boshuis gezien, maar gedacht dat dit een luchtspiegeling was?
Zeer waarschijnlijk heeft hij uiteindelijk verkeer gehoord op de rijweg langs het bos, en zo de richting naar de crisisopvang gevonden. Hij rammelde in vervoering en trots aan het hek en het is niet eens nodig geweest dat hij zich meldde via de intercom.

Mees moet van zichzelf weer gaan wandelen in haar bos en loopt er anders dan ze gewend is. Ondanks haar dikke jack heeft ze het koud en als ze probeert door diep in en uit te ademen haar bloed sneller te laten stromen, mislukt dit. Ze ruikt alleen nog sterker de geur van natte aarde onder de sneeuw. Haar passen zijn onzeker en ze loopt voortdurend naar de grond te kijken, alsof daar de sleutel ligt van het geheim. Ze wil te weten komen wie hier heeft rondgeslopen en opeens komt een spel van vroeger terug. Ze zette samen met wat vrienden een speurtocht uit. De afspraak was om alleen natuurlijke producten te gebruiken om de

weg op de paden te markeren. Steentjes, opvallend grote dennenappels, gebroken takjes op de grond en vastgebonden duivenveren op de boomstammen. Het is belachelijk maar ze zoekt hiernaar, alsof de tijd de sporen heeft bewaard en onaangetast heeft gelaten.
Een ander bos, een andere tijd.
Mees struikelt omdat ze al een paar minuten naar de kale stammen loopt te staren en vloekt hardop. Haar oog valt op nieuwe voetstappen die op het pad naar de rijweg lopen. Ze is ruim een half uur geleden begonnen vanuit de tuin, maar was al gauw het spoor bijster geraakt. Van Kelly krijgt ze ook geen steun want zij loopt aan de riem te trekken en staat soms zelfs op haar achterpoten de omgeving af te speuren. Voor haar is de vos belangrijker dan een onthoofde trol. Mees betrapt zich erop dat ze af en toe omkijkt. De gebeurtenissen achtervolgen haar als een levende persoon die erop uit is haar echt te grazen te nemen. En zolang ze niet weet wie dit is, zal ze op haar hoede blijven. Toch is alles heel dubbel; in het boshuis met Jeroen had ze het nog afgedaan als de gestoorde actie van een zonderling, maar nu is alles veranderd.
Ze had zelfs na de vernielingen ’s nachts gewoon gewandeld, waarom nu dan niet?
Het gezoek is trouwens zinloos want de jongen uit de crisisopvang kan hier ook gelopen hebben. En weer begint ze, terwijl ze dat niet wil, de feiten op

een rij te zetten. Dat is al begonnen toen ze een kind was en de controlemanie begon. Ze analyseert wie op zo'n lage manier haar lot in handen heeft genomen. Want ze heeft een voorgevoel dat dit pas het begin is. Toch draait ze nu in een kringetje rond, net als bij haar ronde door dit bos. Hoezeer ze ook haar best doet, er is niemand die ze verdenkt, niemand die in deze absurde situatie past. Dan beseft Mees opeens dat ze er nog niet aan gedacht heeft om de rijweg op te gaan, die het bos in tweeën snijdt. Ze rent er naar toe en ziet dat er een auto geparkeerd staat aan de overkant. Zo te zien staat hij er al lang omdat er vastgevroren sneeuw op de voorruit zit. Ze maakt een stuk schoon op het portier aan de chauffeurskant en ziet dat de auto helemaal leeg is. Geen tassen, spullen, nog geen kussentje geven enig idee wie de eigenaar kan zijn. Even voelt ze zich compleet belachelijk. Wat denkt ze te bereiken met dit gedoe?
Ze kijkt de verlaten weg af, draait zich om en gaat terug naar het boshuis.

Mees komt de volgende dag na het werk thuis in haar appartement en ze is doodmoe. Ze denkt dat het weekend toch zijn sporen heeft nagelaten, ondanks het telefoontje van vanmorgen. De wat hoge stem van de jonge agent, die haar onmiddellijk terug had gezet in het boshuis, had haar gevraagd of ze al aangifte had gedaan en ging naadloos door met de mededeling dat de jonge

drugsverslaafde weer in het tehuis was. Hij was uit zichzelf teruggegaan: uitgehongerd, tot op het bot verkleumd en ernstig verward. Mees verzweeg dat ze dit al wist en weet niet waarom ze dit deed..
De vergadering van vanmiddag heeft voor een hoop onrust gezorgd. De algemeen directeur had het personeel verzekerd dat hij weigerde om mee te gaan met de nieuwe ontwikkeling. Veel reclamebureaus die vanwege de economische crisis bezuinigen en personeel ontslaan, gaan de uitgaven voor e-discovery verhogen. Ze geven veel geld uit aan controlesoftware, om daarmee hun eigen personeel te controleren. Ze houden hun computers in de gaten en verzamelen een hoop informatie, om zodoende fraude te voorkomen. Mees had als enige niets gezegd, het woord vijanden was naar haar smaak veel te vaak gevallen.
Wie was haar vijand?
Ze wilde dit niet, maar het afgelopen weekend had haar op het verkeerde been gezet. Haar gedachten waren tijdens het vergaderen afgedwaald en ze had diverse collega's in gedachte de revue laten passeren: De oude Hendriks die bij beveiliging werkt en die ze in haar hart heeft gesloten omdat hij eerlijk en betrouwbaar is.
Agnes Laroux, die haar zoveel mogelijk ontloopt nu ze gestegen is in rang. Ze geeft haar de kans niet om te vragen hoe het met haar is, maar Mees vindt dat ze er oud en afgetrokken uitziet. Clarice Jansen

en Piet Verbeek zijn altijd overdreven aardig, maar menen het niet volgens haar.
Piet zomers, Lex verschuur, Willem Stam… Stop Mees!
Ze drinkt een glas water en merkt dat ze doorgaat met het afwerken van de lijst collega's.
Stop hiermee, ze is bezig paranoïde te worden!
Voordat ze het vergeet door alle spanning, ze heeft wel degelijk vrienden op het werk. Willem Stam bijvoorbeeld is een spontane, originele vent waar ze graag naar luistert. Hij kan tijdens vergaderingen de boel een tijd observeren, om dan ineens uit de hoek te komen met een briljant idee. Het mooiste is dan dat hij zelf verbaasd lijkt, en hij verwacht niet dat iedereen het ermee eens is. Ze gaat wel eens wat met hem drinken in het café in de buurt van het bureau, maar sinds ze met Jeroen is, lijkt hij minder spontaan. Mees verbaast zich er steeds over hoe de omgang met iemand op je af kan stralen en uitgerekend Jeroen zegt soms: "Wie met pek omgaat, wordt ermee besmet."
De oude Hendriks, een echte vriend is hij niet, maar hij is altijd aardig en attent voor haar. Hij is degene die waarschijnlijk weet dat er een andere Mees bestaat als de keurig geklede, hardwerkende vrouw.
Hij heeft eens gezegd en zij vond dat een compliment: "Als ik jou zie, hoor ik vogels fluiten."

Bij hem komt het eerst het woord integer bij haar op en ze zou hem als ze durfde haar problemen van de afgelopen tijd willen vertellen.
Haar vriendin Maartje komt haar als laatste troosten. Zij ziet haar voor zich met haar blonde krullen en nieuwsgierige blauwe ogen. Op haar kan ze altijd rekenen. En ze vertelt haar haast meer als Jeroen. Zij heeft ervoor gezorgd dat ze het gevoel heeft een tweede thuis te hebben. Met haar ouders, drie broers en twee honden heeft ze haar opgenomen in het gezin. Ze heeft zo veel minder het gevoel een eenzaam, enig kind te zijn. Ze ziet Maartje's schoonheid tussen de sportieve kracht van haar broers, ze is mooi zonder opsmuk. Er zit geen greintje wrok in haar karakter, en ze is daarbij nog slim ook. Maartje is een schat, ze zal haar straks bellen.
Maar ze moet nu eerst Kelly ophalen die in het appartement hiernaast op haar zit te wachten. Ze is wat vroeger vandaag en zij was waarschijnlijk aan de wandel, toen ze een uur geleden aanbelde. Haar buurman is ook weer zo iemand die altijd voor haar klaarstaat. Hij heet Rex, maar deze stoere naam past eigenlijk niet bij hem.
Hij zorgt voor Kelly wanneer zij werkt, omdat hij als muzikant meestal 's avonds op pad is. Hij is gitarist, maar bespeelt meer instrumenten. En bij repetities gaat Kel mee en krijgt dan oordopjes in haar spitse oren (wat ze zo maar toelaat!). Mees loopt naar de keuken en zet Kelly's etensbak op het

aanrecht. Ze opent de koelkast en haalt er het speciale pannetje uit waar ze steeds de botten in kookt waar de hond zo dol op is. Waarom krijgt ze nu het rare gevoel dat er iets niet klopt?
Er ligt nog een mooi gaaf rond bot met merg in een dunne soep in de pan. Mees schudt haar hoofd: Ze heeft het pannetje zonder na te denken beneden in de koelkast gezet, in plaats van zoals altijd boven. Zij legt het botje in de bak en giet het vocht erop. Er wordt nu op haar deur geroffeld en even later laat ze vriend en hond binnen. Rex kijkt naar haar, terwijl hij Kelly probeert te kalmeren.
"Is er iets Mees, je ziet er doodmoe uit."
"Dat ben ik ook, heb je even tijd ; ik moet je iets vertellen."
"Voor jou altijd meisje."
En dan beschrijft Mees in een lange stroom haastige woorden wat er het weekend gebeurd is. Rex is even stil en zegt dan op verbeten toon: "Ik snap niet dat Jeroen niet onmiddellijk naar je toe is gegaan nadat hij gebeld had. Er had van alles kunnen gebeuren."
"Ik hoop nog steeds dat die verwarde jongen het heeft gedaan."
"Die verwarde jongen had jou ook kunnen aanvallen. Jezus Mees met een bijl!"
"Nee Rex hou op, ik wil er niets meer over horen."
Haar buurman zwijgt en loopt naar de keuken, waar Kelly voor het aanrecht staat.

“Ha schooier, jij ruikt iets lekkers. Mag ze het bot nu hebben Mees?”
“Ja natuurlijk en doe de soep er maar bij.”
Terwijl de hond kwispelend op haar botje aanvalt, neemt Rex afscheid in de gang.
“Ik vind het rot dat ik over een half uur moet spelen, anders bleef ik bij je.”
“Dat hoeft helemaal niet, ik ben wat opgeknapt nu.”
Rex zoent haar op haar haren, rent de trap af en wat later hoort ze zijn busje starten en wegrijden.
Dan hoort ze vreemde geluiden in de keuken en haast zich er naar toe. Verlamd van schrik staat Mees op de drempel naar Kelly te kijken die op de tegelvloer ligt. Haar kop ligt in een rare draai en er staat schuim op haar bek. Ze heeft de pootjes gestrekt en haar lijfje golft alsof ze stuipen heeft. De keuken begint op en neer te deinen, alsof de vloer op water drijft. Haar eerste impuls is vluchten maar dan balt ze haar vuisten, kromt haar rug en komt in beweging. Ze loopt bevend en knielt bij het zacht jankende dier. Ze tilt ze haar kop op en ziet nog dat zij haar probeert aan te kijken. Dan draaien de ogen weg en ziet ze enkel het geaderde wit van de oogbollen. Het volgende moment ligt ze stil, zo stil dat zij het uitschreeuwt: “Kelly, nee Kelly, nee…’
Ze moet iets doen, in de kamer ligt haar mobiel, ze moet de dierenambulance bellen.

Maar terwijl ze belt en daarna wacht, weet ze dat het tevergeefs is. Kelly is dood, haar maatje is verdwenen.

Het ambulancepersoneel is vertrokken en ze hebben Kelly meegenomen. Ze konden alleen maar haar dood bevestigen en omdat ze aan vergiftiging denken, hebben ze haar bak en het botje wat ernaast lag in een plastic zak gedaan. Mees heeft geen afscheid genomen omdat ze in een soort shock verkeerde. De vrouw vroeg haar wat er gebeurd was, zei daarna dat de hond onderzocht werd en dat zij haar zou bellen zodra zij meer wist. Mees kleedt zich uit en kruipt in bed. Daar ligt ze te beven en naast een oeverloos verdriet, stroomt ze vol angst. Ze kan zich niet herinneren dat ze ooit zo bang is geweest. Ze wil eerst niet toelaten dat Kelly vergiftigd is, maar steeds komen het schuim op haar bekje en haar schokkende bewegingen terug. Opnieuw vraagt ze zich wanhopig af, wie degene is die haar zo grenzeloos haat. Want nu weet ze zeker dat er iemand in de koelkast de bak van Kelly heeft verzet, nadat er gif in was gestrooid. Dan is het iemand geweest die haar heel goed kent, en ze begint nog harder te trillen. Maartje, Jeroen, Rex, een stel collega's: niemand van hen komt in aanmerking voor deze laffe daad. Ze heeft haar hond al drie jaar (ze beseft dat ze nog steeds denkt dat zij dicht in de buurt is).

Ze was gaan wandelen in het stadspark en zij was haar gevolgd tot aan de voordeur. Het was onmogelijk geweest om van haar af te komen. Ze had haar daarom maar binnengehaald en gezien dat zij er goed uitzag, maar geen halsband droeg. Mees was met het dier in de auto gestapt en naar het asiel gereden: Ze bleek niet gechipt en was evenmin als vermist opgegeven. In die paar uur was ze al een beetje verliefd geworden op haar slimme ronde ogen, haar stevige lijf, kromme pootjes en haar opgewektheid. Ze miste haar oude baas geen moment en was steeds dolblij wanneer ze Mees zag. Ze moest toegeven dat ze zich gevleid voelde dat het dier zo duidelijk voor haar had gekozen. Toen er dan ook na veertien dagen een vrouw voor haar deur stond die zei dat Ilja van haar was, had ze eerst niet begrepen wat ze bedoelde.
"Nee,"zei ze "Kelly hoort bij mij en Ilja is een jongensnaam."
Ze hadden als kleine kinderen staan bekvechten, maar de vrouw was vertrokken toen Kel woedend tegen haar uitviel.

Mees heeft tot haar verbazing kort geslapen, en wanneer ze wakker schrikt voelt ze zich zo ellendig, dat ze met trillende vingers haar mobiel zoekt en haar moeder belt. Mamma blijft lang stil, en ze denkt dat ze haar hoort huilen. Dan doet ze waar Mees op ligt te wachten: Ze snuit haar neus

en zegt: “Ik kom zo vlug mogelijk naar je toe, met het vliegtuig kan ik morgen al bij je zijn.”
Haar stem klinkt zacht en zo lief dat Mees eindelijk in tranen kan uitbarsten. Dan vertelt ze uitgebreid wat er is gebeurd en door geen detail over te slaan dwingt ze zichzelf opnieuw het gebeuren toe te laten. Lucie luistert en zwijgt, en Mees beseft dat ze alleen aan zichzelf heeft gedacht. Iets opgelucht na haar huilbui voelt ze zich schuldig. Mama’s stem was zo betrokken maar ze heeft ook angst en wanhoop gehoord. Ze heeft haar weer met verdriet opgezadeld en weet nu dat zij haar ongewild met oude pijn geconfronteerd heeft.
Mees wordt weer het achtjarig kind dat haar moeder moet beschermen en dat doet zeer. Want ze weet dat ze toen volkomen machteloos is geweest, ze wil dit niet weer voelen. Wie ook degene is die haar belaagt, ze laat het niet toe dat ze weer terecht komt in die vreselijke tijd. Dat papa’s beeld wat ze door de jaren heen heeft terug veroverd, veranderen gaat. Zijn sterke, vrolijke gestalte mag niet worden verdongen door het beeld van een gebroken man.
Toch voelt Mees even later dat ze mama niet opnieuw moet bellen, omdat ze het dan alleen maar erger maakt. Haar moeder is sterk en de band met haar is zo krachtig dat Mees weet dat ze hetzelfde voelt. Want wat kan er nu erger zijn dan het verlies van Peter, waar ze nog steeds mondjesmaat over praten kan?

Maar ondanks alles doet het haar goed dat Lucie ook huilt om Kelly, want zij is dol op haar geweest. Ze kon op een grappige manier met haar praten en gaf haar talloze bijnamen: Keetje tippel, Ratje, Muis… Ook had ze haar kunstjes geleerd, zoals rollen voor een hondenbrokje, maar dat vond Mees minder leuk.
“Ze is geen circushond mama!”
“Dat klopt, maar ze kan wel iets doen voor de kost.”
Maar de hond vond het prima en gebruikte wat ze geleerd had op een slimme manier. Ze keek Lucie soms met een scheef kopje aan, rolde een slag om voor haar voeten en liep dan naar de keukenkast waar de trommel met koekjes stond. Schaterend zei Mama dan dat ze helemaal niets had uitgelokt.
Mees denkt er nu aan dat ze haar wraakgevoelens van vroeger nooit heeft gedeeld met haar en gelukkig maar, want ze heeft er nooit echt iets mee gedaan. Heeft zij de behoefte aan vergelding ook gevoeld? Mees vind het niet zo gek dat zij zich soms terugtrekt in de bossen. Ze zal gedacht hebben: Dit is een plek waar geen mensen worden aangevallen en bedreigd, ik kom tot rust in deze prachtige natuur.
En nu heeft haar dochter het verpest, want Mees is er nog steeds van overtuigd dat zij degene is die ze moeten hebben.
Ze rekt zich uit en ondanks haar verdriet weet ze opeens dat zij het samen toch altijd weer gered

hebben. Ze zijn doorgegaan met hun leven en geen angsthazen geworden. Ze weet wel dat ze een paar vreemde gewoontes heeft ontwikkeld, maar dat is niet echt alarmerend. Ze heeft doorgeleerd, een prima baan en zit er financieel warmpjes bij. En Lucie is helemaal een kei! Ze heeft het vertrouwen in de mensheid nooit verloren en geniet dagelijks van de mooie dingen om haar heen. Mees heeft van haar geleerd dat de donkere kanten bij het leven horen en dat je er zelfs sterker van wordt. Ze ziet haar gezicht voor zich toen ze op een middag huilend naar haar toe was gerend. Er was iets vreselijks gebeurd, maar zij maakte het op slag minder erg. Het was hoogzomer en Mees was ergens buiten het bos gevallen en van een hoge helling afgerold. Het stond er vol brandnetels en zij droeg een jurkje met korte mouwen. Versuft was ze even blijven liggen en het was alsof de stekende planten daar beneden extra hun best deden. Het stak, deed pijn en jeukte en het enige wat mama zei was: "Rustig meisje, het sap van de brandnetel is ongevaarlijk en als de bulten verdwenen zijn, is het gezond voor jouw bloed."
Zij heeft nooit onderzocht of dit waar is, of dat mama ter plekke iets verzon om haar te sussen. Op echt liegen heeft ze Lucie nog nooit betrapt, maar ze neemt het niet zo nauw met de waarheid.

Dan pas denkt ze aan Jeroen en begrijpt niet waarom ze geen behoefte heeft aan zijn komst.

Voorlopig wil ze alleen zijn en omdat het gesprek met mamma haar angst een stuk heeft verminderd, kan ze zich voorbereiden op haar bezoek aan het dierenasiel. Want ze wil haar aandacht nu op Kelly richten. De hond heeft zoveel voor haar betekend en verdient een waardig afscheid.
Maar wanneer ze de volgende dag aan Jeroen vertelt wat er gebeurd is, wordt hij kwaad.
“Waarom vertel je dat nu pas? Ik begrijp soms niets van je Mees.”
“Ik wilde alleen zijn.”
“Je had me kunnen bellen.”
“Ik heb mamma gebeld en zij komt vanavond.”
Mees begint zich steeds rotter te voelen, want ze beseft dat Jeroen gelijk heeft, maar haar nog niet heeft omhelsd. Ze probeert alsnog te vertellen hoe alles precies gegaan is, maar haar stem breekt wanneer ze schetst hoe ze Kelly hebben meegenomen: Twee paar handen in witte, rubberen handschoenen hadden haar lieveling opgetild en naar beneden gedragen. En zij had er als een etalagepop bijgestaan.
“Wil je als je blieft meegaan naar het dierenasiel, dan kunnen we samen besluiten of we haar laten cremeren of begraven.”
Maar dan zegt Jeroen iets dat alles onderuit haalt. Zijn arm om haar heen, terwijl ze naast hem op de bank zit kan niet voorkomen dat ze ijskoud wordt, ze is verbijsterd.

"Ik vind dit niet zo'n goed idee. Als Kelly inderdaad vergiftigd is, wil ik er niet bij betrokken worden. Ik moet aan mijn reputatie denken."
"En mijn reputatie dan? Jij kan als eerste vertellen dat ik nooit een dier kwaad zou doen."
Jeroen wordt nu rood in zijn gezicht en ze weet dat hij kwaad wordt.
"Als vrouw kom je met veel meer dingen weg op het werk, kijk alleen maar naar de korte tijd dat jij je omhoog gewerkt hebt."
Mees is geschokt en beslist niet alleen door zijn kromme taalgebruik. Jeroen is deze keer niet dronken en opnieuw laat hij blijken dat hij haar het succes niet gunt. Meer nog, hij is bang dat hij met slimme vrouwen om zich heen, gepasseerd zal worden. En nu staat ze op en zegt met kille stem dat hij beter verdwijnen kan. Ze weet opeens niet meer of ze nog wel met hem verder wil.
Jeroen zegt niets meer, staat haastig op en loopt haar huis uit.
Waarom is ze zo opgelucht als hij weg is?
Ze houdt toch van hem en hij van haar, en ze zijn het toch wel vaker oneens geweest. Maar Mees weet dat hij deze keer te ver is gegaan. Op het moment dat ze hem nodig had, heeft hij haar in de steek gelaten. Voorlopig wil ze hem in ieder geval niet meer zien en ze hoort het verschil in reactie als ze Maartje belt. Haar vriendin verwijt haar niets en zegt enkel: " Wat zal jij een zware nacht hebben

gehad liefje: Ik ben blij dat mamma Lucie komt. Kan ik nog iets voor je doen?"

Voordat mama komt, gaan er onverdraaglijke vragen door haar hoofd.
Blijft het voortaan zo onveilig om me heen?
Moet ik soms alles opgeven, verhuizen en opnieuw beginnen?
Of net als in een oorlog, onderduiken voor het gevaar.
Blijft mama's boshuis een bedreigde plek en moet ik in dit appartement voortdurend op mijn hoede zijn? Wat gebeurt er toch en ligt het aan mezelf dat ik zo bedreigd word? Hoe moet ik me gedragen in de toekomst?
Ze is opeens zo hulpeloos alleen, alsof ze als enige overlevende na een natuurramp over de aarde zwerft.
Ze wordt constant herinnert aan catastrofen uit haar kindertijd, en de mooie vrolijke momenten, die er toch ook zijn geweest, worden spaarzamer.
Mama Lucie, help me alsjeblieft!
mama Lucie, help me alsjeblieft,
mama Lucie, help…

Mees is verrast als ze het reclamebureau binnen gaat. Komt het door de heftige ervaringen van de afgelopen dagen dat ze opnieuw gegrepen wordt door de aparte sfeer van het gebouw?

‘Creativiteit ontstaat niet door wachten, maar uit hard werken’, staat er op de hoge muur en de letters lijken net zo oud als de bakstenen ondergrond. Dat is niet zo, want de tekst is pas aangebracht nadat deze oude kaarsenfabriek omgetoverd is in een modern reclamebureau. Het licht dat de kaarsen brachten moet nu opnieuw uitgevonden worden, want inspiratie is niet te koop en kan ook niet geleend worden. Ze heeft zich hier van het begin af aan veilig gevoeld en niet aan gestoord dat het gros van het personeel uit mannen bestaat. Ze merkt het verschil niet, omdat ze samen proberen een goed product te leveren. Ze moeten daarvoor allemaal hun fantasie en gevoel gebruiken.
Vandaag is er echter iets veranderd. De sfeer in het gebouw lijkt hetzelfde, maar het ruikt er nu naar natte jassen en onderhuidse angst. Dat hoort hier niet, want in de kleine gezellige kantine rook het toch altijd naar koffie en gezond eten? Mees wordt onzeker, ze raakt uit balans en dat komt niet alleen door deze geur van verval. Ze is zichzelf niet meer en het vertrouwen in haar collega’s wankelt bij iedere stap die ze zet. Ze blijft even staan en zegt heel zacht: “Het komt wel goed.”
Dan moet ze van zichzelf deze zin nog twee keer herhalen.
Zij had vanmorgen nog getwijfeld maar nu vindt ze het idee van Lucie uitstekend. Ze heeft haar aangeraden alleen naar het bureau te gaan om een

paar dagen vrij te nemen, ze moet tot rust komen volgens haar. Mees beantwoordt haar e-mails, spreekt met een collega af dat hij haar laatste opdracht afhandelt en heeft een week vrij genomen. Ze voelt zich niet zo opgelucht als ze dacht te worden, wanneer ze in de gang Jeroen tegen komt. Ze besluit om hem niet te vertellen dat er weer iets gebeurd is dat haar onderuit heeft gehaald.
"Je ziet er verschrikkelijk uit Mees."
Is het verbeelding of ziet ze iets van voldoening in zijn ogen?
Alsof er niets gebeurd is vraagt hij: "Zullen we iets gaan drinken vanavond?"
"Nee mama is er en we gaan een paar dagen op stap."
Waarom zegt ze nu niet gewoon dat ze naar het boshuis gaan?
Dat mama het belangrijk vindt dat ze samen weer naar het huis gaan, om het weer vertrouwd te maken.
"Je mag je niet door angst laten verjagen," deze zin speelt door haar hoofd als Jeroen voor de zoveelste keer haar irritatie oproept. Hij zegt: "Ik hoop toch Mees dat je mij niet helemaal hebt afgeschreven."
Afgeschreven!
Dat woord heeft iets angstaanjagends en ze bijt terug: "Nee, maar wanneer je zo doorgaat, kon dat wel eens gebeuren." Ze loopt snel door en omdat

ze het gevoel krijgt dat ze voor hem op de vlucht slaat, houdt ze geërgerd haar pas in.

Mama Lucie!
Zo noemde papa haar wanneer hij bij hoge uitzondering geen antwoord wist op een van haar talloze vragen. “Vraag dat maar aan mama Lucie.”
De pijn is veel te groot om veel aan Kelly te denken, dus vlucht Mees in haar ouderlijk huis. Het stond aan de rand van de deftige buurt van het stadje en zag er wat twijfelachtig uit. Het hoorde niet bij de arbeiderswijk met zijn nauwe straten en rijen eendere woningen, maar ook niet in de villawijk. Omdat hun tuin groot en wild was, nam het een bijzondere positie in: een oud herenhuis in Niemandsland. Binnen kreeg Mees vaak het gevoel dat hun gezin lang niet het eerste was dat de hoge kamers had bewoond. En de overvolle boekenkast met de glazen deuren kon onmogelijk alleen door haar ouders gevuld zijn, want er zaten oude leren banden bij.
Mees weet nog dat papa eens zei dat ze niet alleen de kinderboeken mocht lezen, maar ook gerust de rest mocht onderzoeken. Ze had gedacht dat het boek van Koolhaas ‘Er zit geen spek in de val’ ook een soort kinderboek was, maar ze had er niet veel van begrepen.
Hoe het huis rook!
Stoffig, kruidig en geheimzinnig. Iedere kamer had een andere geur en Mees wist niet waar dat aan lag.

In die tijd was kleine Jim haar vriendje.
Hij was al zeven en zij zes, maar toch bleef hij omdat hij een kop kleiner was, altijd kleine Jim voor haar. Hij was heel anders dan de luidruchtige buurtgenoten, hij hield van andere dingen als zij. Hard rennen , schreeuwen en klimmen was natuurlijk ook leuk en daar deed Mees fanatiek aan mee, maar zij en haar vriend hadden hun geheimen die met de natuur te maken hadden. Kleine Jim wist net als Mees dat er soms angstaanjagende zaken gebeurden. Zoals het tegenkomen van ringslangen in het kreupelhout, reuzentorren die in je haar vlogen en het jeukerige slijm op je handen van een slak die je had opgetild. Hij had een zwart-witte kater die als een hondje achter hem aanliep. Daar was niets mis mee, totdat hij op een dag ongenadig door Jim werd afgestraft.
Ze waren in het mooiste stuk van de tuin een hut aan het bouwen van stokken, lappen, plastic zakken en touw, toen het gebeurde. Kleine Jim sleepte net met een rood hoofd een dikke tak naar Mees, toen hij bleef staan. Hij liet de stok vallen, deed zijn handen op zijn rug en met zijn voeten een beetje uit elkaar, keek hij haar aan.
“Wat is dat voor geluid en waar is Witvoet toch?” vroeg hij ongerust.
“Hij wacht misschien tot de hut af is en komt dan als eerste binnen.”

Maar de kater was met iets heel anders bezig. Zonder dat ze wisten dat het vreemde geluid zijn komst had aangekondigd, stond hij ineens voor hun neus met een bloedende eekhoorn in zijn bek.
Mees zag meer dan dat ze het hoorde dat kleine Jim zijn mond opende en lucht naar binnen zoog. Hij leek verlamd maar kon toch zeggen: "Jij vuile, vieze moordenaar."
Witvoet die hem waarschijnlijk niet begreep liet de eekhoorn vallen, maar toen haar vriend zich bukte om beter te kijken, greep de kat het dode dier en wilde er vandoor gaan: zijn bebloede tanden zagen er angstaanjagend uit.
"Dat was dus dat gepiep', zei Jim en hij liet er mistroostig op volgen: "Wanneer we beter hadden opgelet, dan hadden we hem nog kunnen redden."
Mees wilde wat zeggen, maar sprong opzij, want haar vriend kwam plotseling in beweging. Hij stoof op de kat af, haalde zijn voet uit en schopte hem keihard in zijn flank. Witvoet krijste meer dan dat hij jankte, viel om en trok zijn poten onder zijn buik. Daarna trok er een rilling door zijn lijf en bleef hij liggen. Mees was duizelig van schrik en wilde het dier gaan helpen, maar toen Jim haar woedend aankeek, wachtte ze tot hij wegrende. Het viel nog niet mee om de gewonde kater op te tillen. Ze hield haar ene hand onder zijn kont, sloeg de andere om zijn nek en droeg hem naar mama Lucie.

Papa had een radar gehad voor de verkeerde mensen. Hij overdreef hierin, omdat hij beweerde dat hij kon ruiken of iemand deugde of niet.
"We leven in een tijd Mees, dat alles positief moet zijn en duistere kanten van het bestaan verstopt worden."
Maar hij kon dan overdrijven, hij had gelijk gehad toen Mees een nieuwe vriendin kreeg. Zijzelf had getwijfeld toen Sarah zich op het schoolplein had aangeboden als hartsvriendin. Zo zei ze het letterlijk: "Laten we hartsvriendinnen worden Mees."
Ze durfde niet te weigeren omdat ze haar een beetje eng vond met haar lange zwarte haren, en schuinstaande bruine ogen. Die konden zwart worden als ze kwaad werd, en dat gebeurde nog al eens. Ze woonde in de villawijk maar haar huis was een schandvlek in de buurt. Het was kleiner als de rest en erg verwaarloosd. Dat zag zelfs Mees nog wel, omdat je de tuin rondom, geen tuin kon noemen. Metershoge varens, wilde struiken en planten verdrongen elkaar en kregen daardoor een verstrengeld maar vermoeid uiterlijk.
Sarah had een broer die zwakbegaafd was, maar zij had daar andere benamingen voor. Als haar ouders niet in de buurt waren werd het; gek, mongool, mafkees of leipo. Toen Mees hem de eerste keer een hand wilde geven, snauwde Sarah: "Laat dat, hij is niet goed bij zijn hoofd."

Ondanks dat liep de jongen, die twee jaar jonger was als zijn zus, als een hondje achter haar aan. Ze waren heel korte bevriend geweest, zodat zij niet eens zijn naam wist en zelfs Sarah's ouders nooit had ontmoet. Ze speelden dan ook meestal na schooltijd in het huis of de tuin van Mees en kleine Jim was hier niet blij mee. Hij werd ongeveer net zo behandeld als Sarah's broer en ging er dan ook meestal tussenuit.
Mama Lucie had niets gezegd, maar papa waarschuwde haar en zei iets van: "Een goede vriend ruilen voor een slechte vriendin."
Of ze echt slecht was daar was zij nooit achter gekomen, maar Sarah had haar wel zo hevig gechoqueerd dat ze haar had laten vallen. Het was op zo'n dag geweest dat Mees weer eens een voorgevoel had van naderend onheil, een gevaarlijke dag dus. Sarah had haar gevraagd of ze meeging naar haar huis omdat haar moeder weg moest en zij op haar broertje moest passen. Mees had eigenlijk geen zin, dus stelde ze voor om eerst naar Lucie te gaan.
"Nee je bent toch geen papkind, zij merkt vanzelf wel als je later thuis komt."
Dat had de doorslag gegeven want ze voelde sowieso bij Sarah een strijd om de macht. Bij kleine Jim was dat een stuk minder. Bij het huis aangekomen bleek dat haar moeder al verdwenen was en haar vriendin zei kortaf: "Wacht hier in de tuin, ik ga even bij de mongool kijken."

Ze liep vlug naar de bovenverdieping, Mees hoorde gepraat en gestommel en wachtte af. Het duurde lang maar eindelijk verscheen Sarah met een rood hoofd en een tevreden trek om haar mond.
"Hij slaapt, kom we gaan verstoppertje spelen."
Verbaasd en verontrust speelde Mees het spel wat zo bij die middag paste. Totdat ze moest poepen en het huis inging. Toen ze klaar was, waste ze haar handen in de keuken en hoorde opeens geluiden die van boven kwamen. Er liep een huiver langs haar rug, want dit klonk niet gewoon. Zij was nog nooit bij Sarah op haar kamer geweest, maar nu moest ze poolshoogte nemen.
En vijf minuten later kwam er een einde aan hun korte vriendschap, nadat ze de kamerdeur had geopend van het vertrek waaruit de geluiden kwamen.
Wat Mees zag was krankzinnig!
Sarah's broertje lag op een breed, opgemaakt bed. Zijn handen en voeten lagen wijd uitgespreid en vastgebonden met touwen aan de spijlen van het bed. In zijn mond zat een prop zakdoeken en zijn bange ogen keken naar het plafond. Mees wilde Sarah roepen, maar het drong op hetzelfde moment tot haar door dat haar vriendin dit gedaan had, en geen indringer die het huis was binnen geslopen.
Ze werd woedend, rende naar beneden en greep een mes uit de keukenla. Ze bevrijdde het naamloze kind dat in dezelfde houding bleef liggen en probeerde hem overeind te krijgen.

Of dat gelukt was, weet ze niet meer, maar wel dat ze naar huis rende, waar ze Lucie stotterend vertelde wat er gebeurd was.

In die zonovergoten dagen vroeg Mees zich wel een af waarom haar vader en moeder nooit ruzie maakten. Ze praatten wel, lachte veel maar wanneer ze het ernstig oneens waren en papa zijn stem verhief, verdween mama geruisloos. Papa liep haar eerst nog achterna, maar had dat al gauw opgegeven omdat er niet met haar te praten viel.

Rex moet voor een optreden van de band naar het buitenland. Hij staat voor Mees die onderuit gezakt op de bank zit. Hij vertelt het voorzichtig, terwijl het België betreft en hij niet naar de andere kant van de wereld hoeft te gaan.
"Ik wil dat je mij onmiddellijk belt wanneer er iets vreemds of verdachts gebeurt.'
Zij gaat rechtop zitten, haalt diep adem en denkt na. Waarom voelt ze zich zo verloren terwijl mama bij haar is?
Haar buurman kijkt haar aan en vervolgt: "Mama Lucie is er en je hebt Maartje, anders had ik dit optreden afgezegd."
Ze zwijgt omdat er gedachten door haar heen gaan die haar verbazen.
'Wat als hij niet terugkomt?
Moet ik hem loslaten of hij mij?'

Dan ziet ze hem voor zich, zittend waar zij nu zit, met een opgerolde Kelly aan zijn voeten. Ze hoort zijn warme lach als hij het appartement binnenstapt, hoort hem spelen, zingen en praten en ze weet opeens: Ik ben dol op deze man, op zijn warmte, zijn creatieve geest en zijn jongensachtig lijf. Ik ben aan hem gehecht geraakt als aan een broer en alles aan hem is zo vertrouwd, alsof ik hem al mijn hele leven ken. Mees voelt het verlangen om op te staan en tegen hem aan te kruipen, om dan zijn armen stevig om haar heen te voelen.

Op hetzelfde moment komt Lucie de kamer binnen en wat haar betreft is dat precies op tijd. Want voel je zoveel voor een broer? Ze houdt het er maar op dat dit zo is en hoort Lucie zeggen: "Wat hoor ik over het afzeggen van een optreden?"

"Niets mama, Lex gaat naar Antwerpen, waar het optreden van de band een gigantisch succes wordt."

"Ja jongen dat gaat gebeuren en maak jij je maar nergens zorgen over."

"Dat doe ik wel."

Rex maakt aanstalten om te vertrekken, ze staat op en zoent hem op zijn wang. En weer voelt ze zich verlaten en zo miserabel, dat er tranen in haar ogen springen. Rex trekt haar tegen zich aan en zegt zacht: "Wat is er Mees en zeg nu niet dat het wel gaat, ik ken je langer als vandaag."

Mees geeft zich over en het is voor de eerste keer dat iemand buiten de familie hoort wat er in haar omgaat."Ik voel een druk op mijn borst en een dreiging die me bang maakt."
"Een gevaarlijke dag", zegt Lucie nu en verbaasd laat Rex Mees los om haar aan te kijken.
"Dit is een oud en toch kinderlijk gevoel, en moeilijk uit te leggen."
Mees valt haast over haar woorden en ze begrijpt waarom haar angst minder wordt. Net als bij mama vroeger, is het benoemen van die sombere gevoelens heel bevrijdend. Lucie wist dan altijd de vinger precies op de plek te leggen waar het vandaan kwam.
"Bedankt Rex, het gaat wel over."
"Waarom bedank je me nu gekke Mees?"
"Omdat ik vroeger alleen bij Lucie terecht kon met deze paniek."
"Gaat het weer een beetje?"
"Ja lieverd schiet maar op, je moet nog een hoop regelen en Antwerpen wacht."
Als Rex weg is, komt Lucie terug op het gesprek; ze is blij dat Mees hem in vertrouwen heeft genomen, maar echt verbaasd is ze niet.
"Weet je Mees", zegt ze vertrouwelijk en schurkt tegen haar aan op de bank.
"Jouw buurman is zo iemand waar je graag mee gaat picknicken en waar jij je dan geen moment mee verveelt."

“Ja’, antwoordt ze opgelucht, omdat ze beseft dat het gevaar verdwenen is en heeft plaatsgemaakt voor verwachtingsvolle gedachten.
Picknicken met Rex!
Op een warme middag bij een meer zitten met haar voeten bungelend in het water. Hij scharrelt op blote voeten om haar heen en haalt de spullen uit een grote tas. Ze weet wel dat hij geen hele middag kan blijven zitten, af en toe een paar luchtsprongen zal maken, om vervolgens om het meer heen te rennen. Dat is heel wat anders dan dineren op een hotelboot.
Jeroen! Weg ermee, hij hoort niet thuis in deze vredige dagdroom.
Zij is slechts een keer met Rex ergens gaan eten, of een echte maaltijd kon je het eigenlijk niet noemen. Ze had hem tussen de middag ontmoet, toen ze een luchtje ging scheppen. Hij liep met zijn gitaarkist onder de arm en had haast. Mees was na hun begroeting achter hem aan een café binnengegaan. Rex liep met zijn haast dansende gang naar een hoektafel en bestelde een boerenomelet. Zij had al in de kantine van de zaak gegeten en vroeg alleen een kop thee. Ze praatten en lachten en hij had een stuk van zijn omelet naar haar toegeschoven met de woorden: ‘Je moet dit proeven, de beste scharreleieren van de stad.”

Wanneer Kelly door het bos liep en rende, het op haar manier heel druk had, moest Mees soms aan

papa denken die zei: “Geen dier is langer tam dan de hond.”
Hij had haar een puppy beloofd voor haar negende verjaardag en ze mocht zelf het ras uitzoeken. Hij ging er vanuit dat ze dan zo zelfstandig zou zijn, om zelf voor het dier te zorgen. Hij gaf haar voorbeelden van het gedrag van de hond en vertelde dat hij de mensheid op weg naar de beschaving voortdurend had begeleid. In de oertijd is men begonnen deze dieren dienstbaar te maken aan de mens, maar door zijn slimheid heeft hij zich niet helemaal onderworpen.
Toen Mees op zoek was naar haar hond, kon ze hem maar steeds niet vinden; dat kwam waarschijnlijk door papa’s verhaal. Zij zag meer een wilde hond voor zich die als puppy al niet van haar zijde week. Nu beseft ze verdrietig dat Kelly de hond was die ze toen voor ogen had. Zij was lief, trouw maar eigenzinnig. Zij gaf haar het gevoel dat, terwijl ze toch geen wilde hond was, ze veel van haar kon leren over de natuur. Zij wilde haar beschermen toen ze bijvoorbeeld in het vossenhol zat, maar haar hond was veel beter toegerust voor bescherming. Ze trok haar lip op en liet haar scherpe tanden zien, als ze zag of voelde dat Mees bedreigd werd. En wanneer er onweer in de lucht zat, wist ze dat veel eerder dan zij.
Toch was ze heel voorzichtig als het nodig was. Ze vermeed angstvallig de dassenburcht, nadat een wijfje haar bijna was aangevallen toen ze in de

buurt van de verstopte jongen kwam. Het kwam door Mees dat de das haar aanval had laten varen, maar sindsdien ging Kelly's staart omlaag en sloop ze met haar kop omlaag langs de burcht heen. Verder was er niet veel geweest wat haar uit haar evenwicht kon brengen, ze paste haar gedrag aan waar het nodig was, en ze wist heel goed dat de jacht op watervogels een spelletje was. Mees riep haar terug als ze achter de futen aanzwom, ze luisterde dan niet, maar was niet in staat er een te vangen. Of wist ze instinctief dat haar baas niet zat te wachten op een fuut als avondmaal?
Nu wandelt zij alleen, omdat lopen een soort verslaving is geworden, een herhalende beweging die haar tenminste gezond houdt. Ze mist haar hond en beseft nu pas hoe ze zonder iets te zeggen voortdurend contact met haar had gehad, of eigenlijk was het meer omgekeerd: Kelly hield haar in de gaten en zelfs als ze zin had om er vandoor te gaan, maakte ze eerst oogcontact, kwispelde en verdween tussen de struiken.
Als kind heb ik gewacht op een hond, denkt Mees, en door Peters verdwijning is hij toen niet gekomen, en nu voelt het of ik opnieuw wachten moet.

Rex belt uit Antwerpen en vertelt dat het optreden een succes is geweest. Hij heeft haar eerst als een bezorgde vader uitgehoord, maar Mees wil het over iets anders hebben. Ze hoort dat in eerste instantie alles was misgegaan. De band was in de verkeerde zaal terecht gekomen en de moed was hem in de schoenen gezakt toen hij de goedkope versieringen aan de muren zag. Het podium was te klein en er zat een handjevol publiek van middelbare dames met teveel make-up. Ze waren begonnen met het uitpakken van de instrumenten, toen een kale man op hen afstoof. Nog geen vijf minuten later stonden ze weer buiten en tot zijn grote opluchting werden ze twee straten verder een somber gebouw ingeloodst.

Daar bleek het podium prima geschikt, de zaal nog leeg en de akoestiek geweldig.

"En stroomde het langzaam vol met oude dames?" vraagt Mees.

"Nee, houdt je vast; de Antwerpse jeugd is in grote getale op ons afgekomen. In eerste instantie om die Hollanders uit te joelen, maar na twee nummers kregen we ze plat."

Mees lacht en ze ziet Rex voor zich; druk gebarend en op en neer lopend. Ze hoort verkeer en getoeter en vraagt: "Waar zit je nu?"

"Buiten op de koer van een café, dat is de plek waar iedereen gaat plassen omdat de wc verstopt is."

"In een andere wereld dus."

"Ja, je had met me mee moeten gaan."

"En er voorgoed blijven als Lucie er niet was."

“Ik denk dat jij gek zou worden van de chaos hier, er hangt een treurigheid over de kasseien die niet bevorderlijk is voor je humeur.”
Mees denkt: wat weet hij veel van me, en hardop zegt ze: “kijk goed om je heen lief, aan je stem te horen zit er een songtekst voor jou in.”

Het is voor de eerste keer dat Mees het niet erg vindt om niet betrokken te worden bij het beleid van het reclamebureau. Ze weet dat ze teveel verzuimt, terwijl er belangrijke beslissingen genomen worden. Op aandringen van Lucie heeft ze de directeur in vertrouwen genomen. Vertrouwen is teveel gezegd, want ze houdt haar verhaal afstandelijk en rept met geen woord over Jeroen. Haar baas, want zo ziet ze hem, is nog het meest geschrokken van de aanslag op Kelly. Hij heeft zelf twee grote honden en is verontwaardigd over deze laffe daad.
Een beetje verbitterd zegt hij dat de politie weinig moeite zal doen om de dader te vinden en schrikt dan als hij Mees ziet verbleken.
“Sorry Mees, de bedreigingen zullen zeker serieus worden genomen en als ik iets voor je kan betekenen, roep je maar.”
Mees heeft bij deze man, die erg gedreven is in zijn vak en waarvan ze veel heeft geleerd, niet het verlangen om hem alles te vertellen. En hijzelf laat in de loop van het gesprek weten dat zij zich niet moet laten intimideren en zich maar het beste op

het werk kan storten. Om deze zin in daden om te zetten, knipt hij een staande lamp aan op zijn bureau, schuift een groot vel papier met een schets in zwarte inkt onder het felle licht en vraagt haar te komen kijken. Dan ziet hij haar verbazing en zegt lachend: "Ik kan me zo voorstellen dat je hier weinig aan gedacht hebt de laatste tijd, maar het is het ontwerp van Luxan waar je aan begonnen was. Ik denk dat je hier maar mee verder moet."
"Maar het andere werk dan?"
"Zie dit niet als een stap terug Mees, laat de communicatie maar aan mij over."
Mees buigt zich nu over het ontwerp en zegt aarzelend: " Hier past geen goud- maar zilverdraad bij als accent."
"Zo mag ik het horen, aan de slag dan maar."
Later die dag op weg naar haar auto, met een volle tas boodschappen in de ene hand en een bos bloemen in de andere, valt haar oog op een etalage met kantoorartikelen. Ze wil al doorlopen als ze een grote plaat ziet met een soort Ot en Sien tafereel in pasteltinten. Ze blijft staan en is opeens terug in haar oude school. Ze moest op een dag soortgelijke plaat inkleuren. Haarscherp ziet ze weer het vel papier met enkel zwarte lijnen en lege vlakken, met daarnaast het gekleurde voorbeeld waar ze een kopie van moest maken. Ze had eerst lang gekeken en toen was ze aan de slag gegaan, maar niet op de manier die van haar verwacht werd.

Mees had de zwarte lijnen veranderd door er krullen, cirkels en rechthoeken aan toe te voegen en daardoor ontstond een bizar ontwerp. Tevreden begon ze toen eindelijk te kleuren en schrok hevig toen ze gestoord werd door de juf.
“Waar ben je mee bezig Mees, waarom houd jij je niet aan de opdracht?”
Er spookte van alles door haar hoofd, maar ze kon geen antwoord geven. Toen werd ze kwaad omdat er niet gezien werd dat zij iets bijzonders aan het maken was. En toen het mens haar tekening aan de klas liet zien, werd ze nog kwader want er werd gelachen en gejoeld. Mees voelde dit niet als een afgang, ze stond op, liep naar voren en vroeg haar tekening terug. Heel even was de juf verbaasd, maar daarna zei ze nijdig dat ze onmiddellijk moest gaan zitten.
Nu denkt Mees voor de etalage: toen ik het goed bedoelde, en zo gelukkig was met mijn idee, werd ik onmiddellijk afgestraft. Ik riep ongewild de woede op van een leerkracht die niet van fratsen hield. Dat waren toen haar woorden en ze hadden haar diep gegriefd.
Wat doe ik nu verkeerd, dat iemand weer zo woedend op me is?

Ze vertrouwt Jeroen niet meer en is kwaad op hem, toch beseft ze dat deze woede ook een emotie is die hij zo maar weer kan oproepen.

Ze mist Kelly verschrikkelijk en haat degene die haar heeft vermoord.
Bij het onderzoek was gebleken dat ze door een zwaar vergif bezweken was. Ze hadden eerst gedacht aan rattengif, maar dan was het niet zo snel gegaan. Omdat ze na een paar minuten was bezweken, was er waarschijnlijk watersof cyanide in haar bak gedaan. De beschrijving van Mees over de verkrampte spieren duidde op een ernstig zuurstof tekort. Haar hondje was gestikt. De mensen van het dierenasiel hadden oogluikend toegestaan dat ze haar hond had meegenomen en samen met Rex en mamma had ze haar bij het boshuis begraven. Nu denkt ze aan het graf in de sneeuw en aan haar laatste avontuur in het vossenhol. Zodoende hoeft ze niet te denken aan de brand die gelukkig niet echt tot ontwikkeling was gekomen.
Mamma was gearriveerd en Mees was weer gaan werken. Het was een Godsgeschenk geweest dat haar moeder in het appartement was, want opnieuw was ze het doelwit geworden van de agressieve ellendeling. Want ze is er vast van overtuigd dat het dezelfde persoon is die haar eronder wilde krijgen. Lucie had net koffie gezet in de keuken, toen ze geluiden hoorde bij de voordeur. Er sloeg een klep dicht en ze dacht weer eens: waarom is er een brievenklep hierboven, terwijl beneden in de gang de postbussen zijn? Toen had ze een beker gepakt, koffie ingeschonken, en een plak

ontbijtkoek dik met boter besmeerd. Ze liep de gang in op weg naar de kamer en schrok hevig. Ze liet alles vallen en liep naar de deur. Er lag een stinkende lap voor haar voeten waar al wat vlammen uitlekten. Er ontwikkelde zich een dikke rook die onmiddellijk de lucht verpestte. Lucie wist dat ze de deur niet moest opengooien, omdat dan door de extra zuurstof de vlammen zouden oplaaien. Ze haalde een deken uit de logeerkamer en verstikte daarmee het vuur. Alles bij elkaar had het nog geen vijf minuten geduurd, maar ze was doodmoe alsof ze een zware strijd geleverd had. Ze had getwijfeld of ze Mees zou vertellen wat er gebeurd was, want haar dochter was al zo gespannen als een veer. Maar ze besloot dat ze haar moest kunnen vertrouwen. Zij was er nu immers om haar te helpen en ze zou er alles aan doen om die schoft te ontmaskeren. Lucie kreeg steeds meer het gevoel dat ze meer kracht kreeg, terwijl Mees in elkaar schrompelde. En voordat ze thuiskwam had ze alles opgeruimd, de ramen opengezet en de politie gebeld.

En nu is er dus een tweede huis dat genoteerd staat als belaagd terrein.

Mees was radeloos geweest, maar liet zich toch overhalen om naar het boshuis te gaan.

"Je kan niet blijven vluchten meisje; wanneer je laat zien dat je niet bang bent, verandert er veel."

"Maar ik heb geen waakhond meer mammie," had Mees zachtjes gezegd.

“Ik ben de beste waakhond die er is en zal je tot het uiterste verdedigen.”

Mees gaat rechtop zitten achter het stuur en ze kan nu pas lachen om de opmerking, die eerder langs haar heen is gegaan. Omdat haar moeder inderdaad op een Pitbull lijkt, kan ze weer relativeren. Alle acties tot nu toe zijn van die aard geweest dat het de bedoeling was dat zij steeds banger zou worden. Een slijtageslag die haar tenslotte moet veranderen in een bang Meesje.
Vergeet het maar!
Zij is vast van plan om dit niet te laten gebeuren. Bovendien is ze de woede nog lang niet kwijt die is ontstaan nadat Kelly is vergiftigd. Ze zal het uitzoeken en haar wreken. Mees hoort en voelt weer haar beschermend gegrom en weet dat de schoft nog niet klaar is met haar. Dan beseft ze opeens dat ze tot nu toe alleen aan een man gedacht heeft. Vrouwen zijn net zo goed tot vreselijke dingen in staat, maar de vrouwen die zij kent schrapt ze onmiddellijk van haar lijstje. In feite vindt ze dit nog het ergste: Dat ze niet meer onbezorgd met mensen kan omgaan en iedereen wantrouwt. Ze heeft als motto in haar leven dat ze niet wil kwaadspreken, en zelfs onschuldige roddels staan haar tegen. Ze wil daar geen enkele energie insteken, maar nu wordt haar hoofd ongewild vervuild door ernstig negatieve gedachten.

Ze komen in het bos en Mees ziet dat ook hier de dooi is ingetreden. De sneeuw is van de bomen en struiken verdwenen, op de grond ziet ze nog slechts enkele witte eilandjes. Wanneer ze uit de auto stapt voelt ze opluchting, omdat de voetsporen verdwenen zijn. Zo is het weer haar tuin en van mamma natuurlijk. Het eerst laat ze Lucie de gewonde bomen zien, en haar moeder wordt kwaad.

"Die figuur is compleet gestoord," zegt ze en vraagt dan: "Waar is de trol?"

"In de schuur, ik heb geen zin om hem te repareren."

"Dat begrijp ik wel, maar mag ik proberen er iets aan te doen?"

"Ja natuurlijk."

Dan loopt mamma naar Kelly's graf, bukt zich en legt haar hand op het heuveltje.

Haar moeder is een schat en Mees voelt zich even schuldig dat ze haar verweten heeft haar niet te steunen. Mede dankzij haar is ze een zelfstandige vrouw geworden, die prima op eigen benen kan staan. Zij heeft haar nooit geclaimd en haar altijd haar eigen beslissingen laten nemen. Maar nu heeft ze haar even keihard nodig en verlangt naar verwennerij.

Ze staat nog dromerig in de tuin naar de mist tussen de bomen in de verte te staren, als haar vader opnieuw zijn plek opeist.

Ze hoort hem zeggen: “Bij dit soort weer Mees, kun je wanneer je heel goed oplet, veranderingen voelen in de natuur. Vroeger werd er over Witte wijven gesproken als mistflarden zich samenpakten boven de struiken, maar ik zie dat anders.”
“Wat zie jij dan papa?”
“Opluchting dat de vorst bijna zijn greep loslaat en de aarde weer zacht wordt.”
“Geen Witte wijven, maar diepe zuchten van de grond.”
“Goed zo liefje, jij begrijpt tenminste dat de aarde het zat is en stoom afblaast.”

Hoe papa rook!
Zij kan hem altijd terughalen omdat hij zo vertrouwd is als haar eigen geur.
Mees gebruikt geen parfum en dat heeft er mee te maken dat ze liever een vleugje Maja-zeep ruikt waar papa zich mee waste. Zij gebruikt dezelfde zeep en bovendien weet ze dat er insecten worden gelokt door een parfumgeur. De bijen, hommels en zelfs sommige vliegen raken er danig van in de war. Ze ziet dat vaak wanneer ze op een terras zit, en zenuwachtige, meppende vrouwen de bijen ziet verjagen. Ze leggen bierviltjes over hun drankje maar zijn verbaasd als de insecten rond hun hoofd blijven cirkelen.

Maar voordat ze het boshuis binnengaan, bedenkt Lucie zich, blijft staan en roept haar. Verbaasd

loopt ze haar moeder achterna, die weer het hek doorgaat en het bos inloopt. Ze wandelt vastberaden op de paden en ze weet opeens waar zij naar toe wil. En ze krijgt gelijk, want Lucie stopt bij een oude eik en zakt ervoor op de knieën.
"Kom Mees, eerst gaan we iets onderzoeken."
"De trollenboom", fluistert Mees wat hees, want ze schiet vol op deze plek. Lucie vcegt wat restjes sneeuw, dode takken en afgevallen blad aan de kant en tussen de wortels verschijnt er een putdiep gat.
"Ze hebben de deur goed gecamoufleerd", zegt mama en Mees knikt.
"Ze zullen toch niet verhuisd zijn, na die aanval in de tuin?"
"Nee schat, want er is meer voor nodig om een trol te verjagen. Ik ben van plan om er straks een cadeautje in te leggen."
Dan antwoordt Mees met een stem die veel meer kracht heeft: "Als een trol blij is met een geschenk, zal hij al je wensen vervullen!"
Ze herinnert zich dit weer, zoals zoveel fragmenten van oeroude legendes. Ze steekt haar hand in de zak van haar jack en haalt er een kleine gladde steen uit. Hij is spierwit en ze draagt hem al sinds de zomer bij zich. Ze aarzelt even, maar legt dan haar talisman tussen de wortels van de eik.
"Mijn wens is, dat deze steen dichtbij de trollenwoning me beter zal beschermen."

Wanneer ze teruglopen lijkt het alsof de naakte eiken, larixbomen en bosbesstruiken er een stuk beter bijstaan dan voorheen. Ze koesteren zich in de zwakke gloed van een mager zonnetje, en hun schaduwen verstevigen hun bestaan. Er gaat een briesje door de bomen en Mees voelt dat deze koude wind dwars door haar haren en schedeldak, haar hoofd schoon blaast.
Dankbaar ziet ze Lucie voor zich stevig stappen en ze denkt: met haar in de buurt zal ik de komende dagen weinig hoeven tellen en herhalen.
Dan ziet ze haar struikelen, bijna vallen en hoort haar op haar mannier vloeken.
"Verdomme trut, kijk uit je doppen!"
Ze kijkt om en lacht stralend.
"Hier zit jij nu de komende tijd mee opgescheept."
Mees denkt: ja, Godzijdank, maar ze zegt hardop:
"Ik weet het trut, dat zal niet meevallen."
"Let op je woorden, zo praat je niet tegen je moeder!"

Mees schrikt want Lucie roept haar.
Ze heeft de tassen meegenomen naar binnen en in de handtas van Mees rinkelt haar mobiel.
"Er is telefoon voor je, kom je even?"
"Nee mam, pak jij hem maar."
Ze heeft geen zin in nieuws en al helemaal niet in Jeroen. Ze vraagt zich zelfs af waarom ze zo geboeid is geweest door zijn donkere, lage stemgeluid. Ze loopt naar de schuur en kan nu

rustig kijken naar de gekwetste trol. Haar moeder heeft gelijk: Hij kan misschien gelijmd en bijgewerkt worden. Dat zou dan het begin zijn van haar gevecht tegen de onzekerheid. Ze loopt het huis in en omhelst Lucie die met de kachel bezig is. Zij blijft even dichtbij haar en zegt dan: “Jeroen belde en ik heb hem gezegd dat je terug zal bellen.”

“Daar heb ik geen zin in; ik laat deze dag niet verpesten door zijn ondoordachte opmerkingen.”

“Gaat het niet zo goed tussen jullie?”

“Nee, maar dat vertel ik nog wel.”

Maar dan ontdekt mamma die koffie wil gaan zetten, dat er geen water uit de kraan komt. Onmiddellijk voelt Mees paniek opkomen, maar Lucie kalmeert haar.

“Dit is niet zo vreemd, het heeft gevroren en nu er warmte in huis komt kan er een leiding stuk zijn. Jij bent zelf nog niet zo lang geleden hier geweest en daarna kan de lekkage ontstaan zijn. ik ga even bij de buitenkraan kijken.”

Mamma stapt resoluut de tuin in en loopt naar achteren. Mees zucht opgelucht en denkt: Natuurlijk, dit had ik ook zelf kunnen bedenken. Even later belt ze het klussenbureau in het dorp waar ze wel vaker heeft aangeklopt.

“We komen meteen mevrouw,” zegt de jongen die altijd in meervoud spreekt: “Waarschijnlijk rond vier uur.”

Om half vijf is alles hersteld en drinken ze koffie met de jongeman in zijn stoere blauwe overall. Hij kijkt naar Lucie en zegt: "Ik kon er gelukkig makkelijk bijkomen, het verbaast me dat de grond zo mul is. Dat is wel eens anders in het bos."
"Hoezo?"
"Meestal stuit ik al vlug op een oerlaag van harde, zwarte grond. Weet u overigens dat het slaapkamerraam wijd open staat?"
Mees schrikt, en weet niet meer of ze alles de laatste keer goed afgesloten heeft. Het is niets voor haar om ramen en deuren niet goed dicht te doen. Lucie die haar ziet verbleken, zegt quasi nonchalant: "Ja dat heb ik net gedaan, om de boel wat te luchten."
Wanneer de jongen vertrokken is, komt ze naast Mees op de bank zitten.
"Laten we iets afspreken schat, dit huis is van nu af aan een veilig huis en we letten er samen op dat we nuchter blijven en zodoende geen spoken zien."
"Zullen we toch maar allebei boven gaan slapen?"
"Dat is prima; gezellig samen in het grote bed."
"Met warmwaterzak."
"En blote billen."
Dan staat Mees op en vraagt: "Ik moet je nog een ding vragen om de spoken te verdrijven: Heb je echt het raam opengezet?"
"Nee maar ik wil dat je jezelf niets verwijt. Je bent dat raam gewoon vergeten omdat je zo overstuur was over alles wat er gebeurd was."

Dan begint mama over Kelly te praten, ze halen herinneringen op aan haar eigenwijze gedrag en Lucie luistert naar avonturen van de hond die ze al heel vaak gehoord heeft. Ze neemt het besluit om samen met haar dochter naar de steenfabriek te gaan die ook speksteen verkoopt. Ze wil haar een grote brok cadeau doen, die Mees kan bewerken om op Kelly's graf te leggen.
Ook praten ze nog even over mama's oude baan, omdat dit nooit verveelt. Zij heeft een tijdlang in een klein theater de voorstellingen geregeld, acteurs en pers ontvangen en het verbaasde haar dat dit haar zo goed afging. Hoe vlug ze zich er thuis voelde en de afstand tussen de acteurs en haar steeds kleiner werd. Nu zegt ze peinzend: "De wereld van de spelers is een schijnwereld, maar sommigen spelen altijd een rol."
Mees zegt niets maar er gaat door haar heen dat zijzelf nu betrokken is geraakt in een angstaanjagend scenario dat het lot voor haar bestemd heeft, en dat ze steeds haar best moet blijven doen om een apocalyptisch slot te ontlopen.

Lucie staat voor het raam de tuin in te kijken waar een hardnekkige nevel veel aan het gezicht onttrekt. De tuin dampt en ligt er doodstil bij. Dan roept ze Mees en vraagt haar of ze naast haar komt staan.
"Ik stel me nu voor dat er niets gebeurd is, en laten we gaan doen wat we vroeger deden."

Mees zucht en weet precies wat zij bedoelt. De enkele keer dat ze hier in de winter samen waren, speelde ze vaak hetzelfde spel. Ze probeerden zich de afgestorven planten voor de geest te halen en gaven bomen en struiken hun blad terug. Mees ging in de hangmat onder de krentenboom liggen, terwijl Lucie in een lage stoel bij de bosbessen ging zitten. Waar praatten zij over?
Meestal over boeken die ze elkaar aanprezen of ten sterkste ontraadden. Mama houdt van historische romans van verschillende schrijvers, terwijl zij vaak tijden trouw blijf aan dezelfde auteur.
Dat heeft weer met herhaling te maken, zo geniet ze van dezelfde thema's die terugkomen.
"Er is niets gebeurd", zegt Mees, maar ze huivert als een roofvogel een rondje vliegt en dan tussen de bomen verdwijnt."

Mama is meestal 's avonds een korte tijd doodmoe. Dan is het net alsof er een sluier valt over haar optimisme en ze zichzelf terugtrekt op plekken die voor Mees onbereikbaar zijn. Ze houdt van een wijntje bij het eten maar ze drinkt zelden teveel, omdat ze dan teveel ziet.
"En dat zijn dingen Mees, die ik liever wil vergeten."
Op die momenten ziet ze er niet zoals de meeste tijd, jonger uit dan dat ze is. Ze heeft iets moedeloos, haar rug wordt krommer, haar ogen flets en het is net of ze moet vechten tegen

opkomende tranen. Ze vecht dan echt en niet alleen om niet te huilen. Ze is kwaad en wil de blije uren terug, haar daadkracht en het optimisme van overdag. Mees weet wel dat het aan heel vroeger ligt, toen zij nog niet eens was verwekt. Lucie verloor haar ouders toen ze heel jong was. Haar jeugd was niet gelukkig maar het heeft weinig zin om daar over te praten. Haar dochter ziet haar na een tijdje uit de schaduw van haar gedachten, weer naar het licht kruipen.
Mees weet ook en daar is ze dankbaar voor, dat Lucie die sluiermomenten nooit bij anderen toelaat. Het is al gewoon dat geen van beide er iets over zegt, en ze vraagt zich wel eens af hoe het gaat als mama alleen is. Geeft ze dan langer toe aan haar verdriet, of herstelt ze net zo snel als bij haar?
Als ze in Spanje is, belt Mees haar wel eens op verschillende tijden. Ze heeft zo alleen ontdekt dat mama wel eens langer blijft zwijgen, maar dan opgewekt zegt: "Ha die Mees, hoe gaat het lief?" Zij tilt haar op, terwijl dat toch eigenlijk omgekeerd moest zijn. Wanneer ze niet opneemt, wordt ze meestal ongerust en zegt verwijtend: "Waar was je toch?"
En slechts een keer zei Lucie: "In het donkere labyrint."
Deze avond als mama teruggetrokken op de bank zit, gaat ze aan de grote tafel zitten. Ze werkt aan een artikel voor een reclamecampagne die ze alleen voor haar kiezen heeft. Meestal wordt er eerst

vergaderd en worden de taken verdeeld. Het is vaak handig om samen een plan te bedenken en samen te werken, maar nu staat ze er alleen voor. Kelly's dood heeft de boel vertraagd en Mees zucht. Ze moet eigenlijk nog een paar mensen bellen, om hen te informeren wat ze van plan is. Maar wat is haar plan?

De reclamewereld lijkt zo ver weg en al haar succesvolle werk onbelangrijk. Mama's dagelijkse inzinking helpt ook niet echt en weer denkt ze vertwijfeld: wat gaat er nog meer gebeuren?

Ze kijkt naar Lucie, naar haar bleke gezicht en gesloten ogen en ze schaamt zich opeens.

Zij heeft bijna haar leven lang voor haar gezorgd en doet dat nog. Ze kan altijd een beroep doen op haar steun en inventiviteit. Denk alleen maar aan de trollenboom van vanmiddag!

En wat doet zij?

Mama heeft haar ook nodig en niet alleen een kort gedeelte van de dag.

Mees sluit haar laptop af, staat op en zit een moment later met haar arm om Lucie heen op de bank.

Kom allemaal maar op, wij zijn een onverwoestbaar team!

Ze weet omdat Lucie haar zo na staat, wat haar soms zo somber maakt. Ze heeft het allang aanvaard en steeds gedacht dat het geen zin had om er over te praten. Maar nu ze door een vreemde uit haar evenwicht is gebracht, lijkt mama te zwichten

voor het verlangen om meer met haar te delen. Een tijdlang praat ze zacht maar helder over details uit haar leven die ze verzwegen heeft. Ze doet dat nu pas omdat ze Mees als kind heeft willen beschermen en toen zij opgroeide zo moeilijk de woorden kon vinden. Ze zegt: "Het heeft geen zin om je angst te verstoppen", en Mees antwoordt: "Dat zei Peter ook altijd."
En alsof zijn naam het startsein geeft, vertelt Lucie eindelijk over haar eigen angst. Hoe haar wereld instortte toen papa plotseling verdween en dat het haar zelfs moeite had gekost om goed voor Mees te zorgen. Dat ze haar nooit had verteld dat ze niet kon toegeven dat papa voorgoed weg was. Het drong pas echt tot haar door toen ze het in zwarte letters op papier zag. Er had een stuk in het dagblad gestaan waar ze niet aan meegewerkt had, waar niet eens haar toestemming voor gevraagd was. Terwijl ze Mees vaak gezegd had dat ze niet alles moest geloven wat er gedrukt stond, had het verhaal de doorslag gegeven. Zij was geschokt en had de krant in de tuin verbrand, maar dit kon niet voorkomen dat de woorden bij haar bleven.
Mama had ook nog even een schuldgevoel gehad omdat ze woorden had gehad met Peter die dag. Een echte ruzie kon je het niet noemen omdat hij haar nog gekust had voordat hij weg ging om vis te halen. "Ik maak nog een ommetje door het park." Het gekibbel ging over een boek dat Lucie kwijt was en wat Peter als laatste had gelezen. Ze

verweet hem dat hij een sukkel was die te vaak met zijn hoofd in de wolken liep. Even later had ze het boek gevonden in een lade van papa's bureau. Hoe zielsgraag had ze hem levend meegetroond naar die plek, om dan triomfantelijk de la open te trekken. Ze wist precies wat hij gezegd zou hebben: "Zoals altijd krijg je weer gelijk lieve schat, jouw man is een warhoofd!"
Voor de eerste keer hoort Mees dat ze op haar vader lijkt: niet de uiterlijke kenmerken heeft ze precies geërfd, maar Peters karakter ziet mama vaak terug in Mees. De dromer die tegelijk onverzettelijk was als het om principes ging. De natuurliefhebber die zich vereenzelvigt met alles wat leeft. Planten, dieren en mensen komen van een hoger plan en dienen met respect behandeld te worden. Hij had zijn dochter hierin meegezogen, maar Mees was volgens Lucie bij haar geboorte al verbonden met het heelal. Haar vader had verheugd gezien hoe bijzonder ze was en haar veel te kort begeleid.
Mama praat maar door en aan het einde van het verhaal, wat haast op een biecht lijkt, denkt Mees aan haar verbondenheid met de natuur. Ze weet hoe waar het is wat Lucie zei en dat ze bij al haar herinneringen bijna het eerst het decor voor zich ziet, waar en wanneer het zich heeft afgespeeld. De wisseling van de seizoenen in hun grote tuin, de lokroep van de bossen en haar enthousiasme toen ze voor de eerst keer de Noordzee zag. Aan zee

was het warm geweest en ze had nog nooit zo ver kunnen kijken, alsof de wereld eindeloos was. Ze heeft er nooit eerder bij stilgestaan dat bij anderen de gebeurtenissen in hun leven, in een heel ander licht worden ontvangen. Ook geeft de natuur haar rust. Wanneer ze moe is overdag gaat ze liever wandelen, dan zitten of liggen. En ze wordt zo opgeladen. Ze hoeft haar handen niet op een boomstam te leggen, zoals bomenfluisteraars doen, zij omhelst de boom in gedachte. Wanneer ze vast zit in haar hoofd, zorgt de wind voor de beste ontspanning. De keuze van haar beroep hangt hiermee samen. Als kind wilde ze al vastleggen wat ze mooi vond en ze schreef verhaaltjes. Al is alles commercie in de reclamewereld, ze kan er toch haar ei kwijt. Kleuren, vormen, tekst en muziek, wie heeft er een beter vak? En daarnaast de omgang en begeleiding van mensen met dezelfde passie. Soms vergeet ze dat ze samen bezig zijn om producten aan de man te brengen, en verliest zich in een mooi ontwerp.
Maar door mama's verhaal wordt Mees naar haar oude tuin getrokken, en ze ziet opeens kleine Jim die zijn woede koelt. Hij heeft strafwerk meegekregen van school, omdat hij zijn taalschrift heeft verknoeid met ranjavlekken. Hij trapt eerst woedend in het gras, maar omdat dit waarschijnlijk niet genoeg is, moet de wilde jasmijnstruik het ontgelden. Bladeren en bloesems vliegen in het rond en dan wil hij een tak afbreken. Maar dit kan

Mees niet laten gebeuren, ze pakt zijn rechterarm en trekt hem naar achteren op zijn rug. Hij wordt schreeuwend nog kwader maar ze laat niet los, voordat hij trappend en spartelend zegt dat hij ermee op zal houden.
Kleine Jim was een toffe vriend, maar zijn driftbuien bevielen haar een stuk minder.

En die avond verdwijnen pijn en angst onder de oppervlakte. Mees praat met mama en is sinds weken echt gelukkig. Ze is niet gebonden aan tijd, haar baan en Jeroen zijn zaken ergens ver op de achtergrond. Ze kan als ze dat wil meer dagen vrij nemen om dit gevoel te verstevigen. Later komt Lucie de kamer binnen met een bord met besmeerde toast en ze ziet opeens een flard van een scène uit haar jeugd. Het kan wel eens haar eerste herinnering zijn uit een zorgeloze tijd.
Ze liep voor haar gevoel net en waggelde naar een lage tafel die vol stond met halve en volle wijnglazen, schalen met toast en nootjes. Ze pakte een toastje, wilde erin bijten en viel op haar kont. Er werd gelachen, ze zag mamma opstaan en op haar afkomen. Zij tilde haar op, en wreef haar neus tegen de hare.
De kamer was vol mensen en iedereen praatte door elkaar, maar zij zat een kort moment met mama op een onbewoond eiland.

Mees vierde haar vijfde of zesde verjaardag, zo precies weet ze het nu ook niet meer.
Mama was de dag ervoor al druk bezig geweest met appeltaart bakken, bowl maken en geheimzinnig doen. Ze had haar verteld dat ze deze keer niet bij de chinees gingen eten omdat opa kwam. Dus werd er uitgepakt en voorbereidingen getroffen voor een feestmaal thuis. Er kwamen een paar vriendjes en vriendinnen uit de buurt die avond en daar verheugde Mees zich nog het meest op. En op het cadeau want papa had gezegd dat ze dat ook die avond kreeg.
Ze zat bij mama aan de keukentafel kaasblokjes te snijden en kreeg plotseling een onbehaaglijk gevoel. Ze zette haar blote voeten stevig op de vloer en veegde het zweet van haar voorhoofd.
"Nee", kreunde ze haast geluidloos "laat het geen gevaarlijke dag worden vandaag."
Ze had dit wel vaker, of het net was dat er een zwarte wolk voor de zon schoof en er iets drukkends over haar heen viel. Ze keek naar buiten maar er was niets aan de hand. Het stuk lucht dat ze zag was stralend blauw en een merel zat in het gras te pikken.
"Wat is er schatje?", vroeg mama Lucie, want zij had weer onmiddellijk in de gaten dat er iets veranderd was. Ze verjoeg dan ook net op tijd de stemmen die haar wilden waarschuwen voor groot onheil.

“Er is niets”, zei ze bevend en zwaaide voordat ze opstond met haar hand naar een denkbeeldige vlieg. Nu keek mama haar een beetje schuldbewust aan en ze zei zacht: “Ik overdrijf ook altijd zo. Je bent natuurlijk gespannen voor vanavond en ik had mijn mond moeten houden.”
“Papa heeft het verteld en ik verheug me er echt op.”
Mees luisterde naar haar eigen stem en was blij dat alles weer gewoon was.
En die avond werd gelukkig een grandioos succes! Ze aten met z’n allen buiten en de tuin gonsde van oude en jonge stemmen. Opa kletste brommend met een tante, papa was voor de kinderen weer het stralende middelpunt en mama zag tevreden dat iedereen haar aardappelsalade heerlijk vond. Toen de schemering inviel kwam papa op de proppen met de verassing. Ze reden in twee auto’s naar het Valkenbos en Mees begon aan haar eerste speurtocht. Het was haast donker toen ze haar cadeau kreeg en ze was dolblij met de zilverkleurige zaklantaarn.
Even later huiverde ze ook af en toe, omdat de halve maan de paden niet erg goed kon verlichten, maar dit was heel anders dan vanmorgen. Hier kwetterden alleen de stemmen van de jongens en de meisjes die alles reuzenspannend vonden, en haar ouders waren dichtbij.
“Vind je het fijn Meesje”, zei mama, die natuurlijk had willen vragen: “Ben je bang?”

"Ik ben helemaal niet bang", zei ze triomfantelijk en struikelde voor straf over een boomwortel. Ze viel voorover in het mos en schreeuwde het uit van pret.

Mees kijkt Lucie aan en zegt: "Ik weet nu pas hoe ik je gemist heb."
"Dat komt omdat jij je bedreigd voelde, je weet toch dat ik er altijd voor je ben."
Mamma zegt dit rustig en zonder enig schuldgevoel te tonen, en opeens beseft Mees dat haar moeder geen gemakkelijk leven heeft gehad. Vroeg haar ouders en man verloren. Daarbij heeft ze borstkanker gehad en is gelukkig genezen.. Ze heeft haar nooit horen zeggen dat zijzelf de ziekte overwonnen had.
"Ik heb geluk gehad en uiterst bekwame doktoren."
Maar Mees weet hoe ze gevochten heeft. Ze zal nooit de dag vergeten dat ze thuiskwam uit het ziekenhuis en haar als eerste (ze was toen veertien jaar) haar bovenlichaam liet zien. Ze had huiverend haar hand op het litteken gelegd en mamma had gehuild. Toen zei ze iets dat zo mooi was dat het in haar geheugen staat gegrift: "Ik huil van blijdschap omdat jij niet bang voor me bent."
Ze was wel verbaasd geweest want hoe kon mama nu zoiets zeggen?
Ze was bang maar niet van Lucies lichaam dat in haar ogen nog even mooi was, en ze was trots op het litteken dat na de correctie was overgebleven.

Haar angst dat ze haar zou verliezen was weliswaar iets kleiner geworden na de operatie, maar bleef voor mama verborgen, ergens diep in haar buik aanwezig. De dagen dat ze in het ziekenhuis lag, had ze vaak de neiging gehad om zich onder haar bed te verstoppen maar dat was in dit geval onmogelijk. Ze moest erbij blijven en zelfs meer dan dat. Ze was net veertien geworden en had het gevoel dat ze een daad moest stellen om over haar angst heen te komen. Mama was zo moedig geweest om zich te laten opereren en had zelfs voorgesteld dat haar andere borst ook verwijderd zou worden.
Haar vriend kleine Jim, die nog steeds kleiner was als Mees, zei dat ze iets moest doen om haar moeder te bewijzen dat ze achter haar stond. Zij was het volledig met hem eens, maar wist alleen niet hoe dat moest. Totdat hij voorstelde dat ze een wedstrijd zouden houden op de fiets. Mees wist eerst niet wat dit met Lucie te maken had, totdat het moment aanbrak dat die race volledig uit de hand liep. Tengevolge van regen die opeens met bakken uit de lucht kwam, werd de weg spekglad, Dat was nog niet zo erg want ze bleven in een flink tempo achter elkaar aanrijden.
Maar toen gebeurde het waar ze jaren geleden zo bang voor was geweest: Kleine Jim schoot een onverharde weg in en op hetzelfde moment stopte de regen en brak een mager zonnetje door. Mees fietste verbeten door, want oude ellende stak weer

de kop op en ze had er deze keer niets aan om papa's raad op te volgen. Ze kon haar angst niet benoemen want Jim was haar inmiddels ver vooruit en haar in de ogen kijken ging evenmin, want het water droop uit haar kletsnatte haren. Ze gleed van links naar rechts, van alle kanten belaagd door onbekende gevaren: een spekgladde modderweg waar spontaan nieuwe kuilen ontstonden en de ongrijpbare vrees die haar bij de keel greep.
En toen ineens kwam het woord 'doodsverachting' in haar op en wist ze wat ze voor Lucie kon doen. Had ze eerst willen stoppen, afstappen en kleine Jim willen roepen, nu ademde ze diep in en uit en fietste keihard verder. Trappend, beukend en stampend haalde ze haar vriend in en zag nog eerst zijn modderkont aan haar voorbij flitsen. Ze schreeuwde van alles maar het enige wat Kleine Jim begreep was het triomfantelijk einde: "Voor Lucie!"
"Ja hoor, jij hebt gewonnen!", brulde hij terug en Mees wist dat hij haar maar gedeeltelijk begreep. Want ze had hem nog nooit verteld dat dit soort onbekende wegen haar vroeger zo bang hadden gemaakt. Het was ook nu niet nodig om dit met hem te delen, want deze prestatie was alleen voor mama. Mees wist dat ze trots op haar zou zijn en ze zou het haar nog wel een keer vertellen.
Toen ze thuiskwamen bij kleine Jim en thee dronken om warm te worden, zei Mees: "Nu begrijp ik pas dat er altijd wedstrijden

georganiseerd worden om geld te verzamelen voor goede doelen."
"Ja", antwoordde Jim, "en wij hebben zojuist tegen de kanker gefietst."

Vlak voordat ze naar huis mocht gaan was Lucie in het ziekenhuisbed wakker geschrokken en ze had Mees aangekeken. Haar ogen waren donker en haar adem ging sneller dan normaal. Toen greep ze haar hand en hijgde: "Geen ruzie maken, beloof me dat je geen ruzie zult maken."
Zij had begrepen dat mama nog niet in het hier en nu verkeerde en zei sussend: "Nee mama, met wie zou ik nu ruzie moeten maken als jij hier ligt?"
Mama's gezicht veranderde op slag en het leek wel of ze zich schaamde, of ze iets verklapt had dat geheim moest blijven. Maar Mees begreep dat zij had rondgedwaald in het huis van haar jeugd, waar haar ouders constant ruzie maakten. Ze praatte hier haast nooit over, omdat het haar beklemde dat haar ouders het leven zo ingewikkeld hadden gemaakt. Maar toen naast haar bed, met haar vochtige hand in de hare, had Mees zich opeens jaren ouder gevoeld dan mama.

Mamma is nuchter, optimistisch, maar ze gelooft in de diepe betekenis van dromen. En daarom vertelt Mees haar de volgende ochtend niet wat ze gedroomd heeft. Ze kruipt na het ontwaken alleen dicht tegen haar aan en zoekt haar hand. Ze praten

erover wat ze die dag gaan doen en ze voelt langzaam de beelden verdwijnen die alweer haar moeder hadden bedreigd.
Lucie glipt het bed uit, trekt haar ochtendjas aan en loopt rillend naar de houtkachel. Mees hoort haar bezig met as wegschrapen en sluimert nog een tijd. Ze denkt eraan dat als er iemand dood gaat waar je heel veel van gehouden hebt, je met hem ook zijn minder leuke kanten begraaft.

Want zelfs Peter kon heel vals zijn. Zijn vader, haar enige opa, werd rond zijn vijftigste verward door de ziekte Korsakov. Papa kon hier niet mee omgaan. Mees wil er liever niet aan denken, hoe hij op haar gereageerd zou hebben als hij van haar geheim, dwangmatig gedrag geweten had. Haar opa verloor de greep op zijn leven en papa kon hem daarbij niet helpen. Integendeel, hij zei de meest afschuwelijke dingen en het ergste was nog dat zij soms dacht dat hij gelijk had.
Alleen Lucie kon soms driftig zeggen: “Peter hou je mond, zo praat je niet tegen je vader!” en wat papa zelden deed, hij schreeuwde tegen hem.
“Hoe kan je dat nu weer vergeten verdomme, je zou Mees om twee uur ophalen en nu is het al half zes. Heb je weet zitten zuipen?”
Zij had echter maar even gewacht en was toen gewoon buiten gaan spelen, want zo belangrijk was een bezoek aan het nieuwe clubhuis nu ook weer niet. Mees zat liever alleen in het kraaienbosje dat

ze zelf ontdekt had. Er zaten vaak kraaien die haar waren gaan accepteren als een van hen. Ze had een zwart vest van mama aangetrokken, dat zo groot was dat het op haar schoenen hing. En ze kon zelfs hun stem nadoen maar liet dat liever achterwege omdat de vogels dan toch wegvlogen. Zij had die middag met opa te doen want hij stond toen ze thuiskwam als een kleine jongen met een hoofd vol grijze krullen, naar de grond te staren. Toen zei hij bevend: "Je hoeft niet zo te schreeuwen, ik heb je wel verstaan. Ik weet alleen niet waar je het over hebt!'
"U heeft Mees beloofd dat jullie samen naar de Lepelaar zouden gaan, het werd feestelijk geopend vanmiddag."
"Het geeft niet papa, we gaan wel een andere keer."
Ze wilde naar opa toegaan omdat ze zijn rampzalig lege blik niet meer verdragen kon, maar papa hield haar tegen.
"Kom hier Mees en kijk maar eens goed hoe jouw grootvader er aan toe is. Teveel alcohol maakt een mens langzaam krankzinnig en hij heeft nog maar een stap nodig om in de afgrond te storten."
Maar zij was naar geen van beiden gegaan, ze had vochtige ogen en een prop in haar keel gekregen, toen opa vroeg: "Waarom ben je in het zwart gekleed, oefen je alvast voor mijn begrafenis?'

Het moest natuurlijk een keer tot een uitbarsting komen die niet meer terug te draaien was. Opa werd steeds meer onhandelbaar en papa's woede groeide. Dat wil niet zeggen dat hij niet van alles probeerde. Tijdens de spaarzaam goede dagen, die haar opa van vroeger weer lieten zien, probeerde Peter met hem te praten. Ze zaten naast elkaar op de bank en papa's toon was die van een volgzaam kind. Er klonk respect in voor de man die toch een bloeiende carrière als advocaat had gehad.
Het verbaasde Mees en al begreep ze er niet veel van, ze was blij dat alles goed zou komen. Want alleen papa kon daar voor zorgen. Als hij zich gedroeg als een liefhebbende zoon, kon hij rampen voorkomen.
Maar op een warme zomermiddag was het mis gegaan.
Zij was met papa in de tuin en ze is compleet vergeten wat ze aan het doen waren, toe opa naar buiten kwam. Hij liep wankelend op zijn zoon af en ging toen tekeer als een razende.
"Je hebt weer eens in mijn spullen gezeten, waar is dat boek van Böll gebleven?"
"Waar hebt u het over pa?"
"Dat boek van verdomme…, van die Böll."
"Heinrich Böll bedoelt u?"
"Ja, zie je wel dat je het gejat hebt!"
"Nu moet u echt ophouden."
"Waarom, omdat je bang bent dat ik het kind vertel wat je me geflikt hebt?"

En toen hoorde Mees tot haar verbijstering dat papa haar grootvader ’s avonds had vastgebonden aan de kersenboom in de tuin. Dat had hij gedaan omdat hij wilde voorkomen dat hij naar het dorpscafé zou gaan. Opa vertelde dit zo geloofwaardig dat de koude rillingen over haar rug liepen en mama moest haar later uit deze enge droom helpen.
“Je moet niet alles geloven wat opa zegt, er zijn veel dingen die hij verzint, en geloof me maar: papa zou zoiets nooit doen.”
Papa had niet eens gewacht tot het verhaal af was, hij had haar bij de hand gepakt en was hard weg gehold. Maar van een fantast was haar grootvader langzaam veranderd in een wrak en hij leek steeds minder op een kleine jongen die wel eens wat vergeten kon. Hij kon niets meer, deed heel weinig en vermagerde onrustbarend en toch hield ze nog van hem. Wanneer hij stotterde: “Wat kan ik doen?” probeerde ze iets te verzinnen om zijn wanhoop te verjagen. En zei dan iets dat totaal zinloos was: “U kunt veel beter cola drinken.” Terwijl ze toch wist dat hij toen al niet meer naar het dorpscafé kon gaan.
En toen hij na een opname in het ziekenhuis naar een kliniek moest, was Mees toch wel opgelucht geweest. Mama sprak over beschermd wonen en zij was verbaasd dat en geen honden haar opwachten bij de poort, toen ze op bezoek ging. Wie moest opa dan beschermen?

Haar huis werd wel weer vertrouwd, terwijl hij toch slechts een jaar bij hun gewoond had.
Hij was altijd wel lief tegen haar, maar ze was bang en op haar hoede geweest dat dit plotseling veranderen kon.
Hij stierf totaal onverwacht en papa was weer woedend toen hij hoorde hoe het gegaan was. Hij had een dubbele longontsteking en zijn familie was nog op bezoek geweest.
Het ging die dag net iets beter en mama, papa en zijzelf hadden hem op zijn rode gezicht gekust en afscheid genomen. Dezelfde avond was de koorts gestegen en werden ze gebeld door de dienstdoende verpleegkundige. Ze reden opnieuw dezelfde weg en kwamen te laat: Opa was net overleden.
Papa schreeuwde niet maar zei verbitterd: "Had je niet even kunnen wachten op ons?"
Maar Mees wilde niet kwaad zijn en op het kerkhof had ze alleen willen denken aan opa hoe hij vroeger was.
Hij had toen hij nog zijn eigen huis had een wonderschuur met veel verassingen. Er stond een kacheltje waarin heel vaak een vuur brandde, want haar grootvader had het vlug koud. En wanneer zij kwam wist hij al wat ze zou vragen en had bijna alles klaarliggen. Ze maakten samen de dwars door de tuin soep. De bouillon was al klaar, maar Mees mocht in de tuin de groentes en verse kruiden plukken.

Het duurde wel even voordat ze wist hoe het hoorde, want de eerste keer had ze er paardenbloemen bij gedaan. Opa had een beetje bezorgd gekeken maar toen beweerd dat het geen kwaad kon. De soep smaakte raar, maar ze hadden allebei hun kom leeggegeten en opa zei zelfs dat hij nog nooit zo,n soep geproefd had.
"Zo'n lekkere soep?"
"Dat hoor je mij niet zeggen."

Papa kon dan wel soms haar grootvader neerbuigend behandelen, in feite was hij op een bepaalde manier uit hetzelfde hout gesneden. Hij kon verhalen vertellen die hij weer van zijn vader had gehoord. En opa lachte wanneer hij hoorde en zag hoe Peter overdreef.
"Een haring wordt bij jou een walvis, een huisje een groot huis en een beek een rivier."
Het gekke was dat papa dan niet kwaad werd en zei dat de sterke verhalen in de familie doorgegeven werden en opa's versie waarschijnlijk ook gekleurd was geweest. Er was echter een verhaal dat ze samen konden vertellen en waar ze het roerend eens over waren. Het was opmerkelijk geweest hoe ze elkaar aanvulden en Mees had er van genoten.
Een tante van opa woonde op een grote boerderij in het oosten van het land. Zij was al jaren weduwe en ging er prat op voor niets of niemand bang te zijn. Maar dat veranderde na een zware onweersnacht. Ze was alleen thuis en toen het in de

verte ging rommelen uit bed gestapt en naar beneden gegaan. Ze wist niet precies waarom ze dit deed, maar de ramen en zelfs de voordeur werden opengegooid.
Dan werd het verhaal spannend want papa's stem werd een octaaf hoger als hij tante nadeed.
"Ik smeerde een paar boterhammen, zette koffie en ging op de bank in de voorkamer zitten. Het was geen gewoon onweer want aanhoudend flitste de bliksem met zo'n kracht, dat binnen en buiten alles helder werd verlicht. En het geluid van de donder rolde er als een tank achter aan. Ik was niet bang omdat ik dit al zo vaak had meegemaakt. Ik nam net de laatste hap van mijn brood en tilde de kop koffie op die op een tafeltje stond. Op hetzelfde moment brak de hel los, ik hoorde een angstaanjagend geruis en dacht dat het de populieren waren. Maar die stonden hier buiten. Een vuurbal zo groot als een voetbal vloog met volle vaart het raam binnen, suisde langs me heen, om door het raam van de achterkamer weer naar buiten te vliegen. Ik liet de kop koffie vallen en was doodsbang. Ik zat wel vijf minuten na te trillen, voordat ik voorzichtig durfde opstaan."
"Ja", zei papa tot slot "zo dik als een voetbal!"
"Precies een voetbal", kwam opa er dan achteraan.

Mees zoekt en vindt het boek van Koolhaas in mama's heiligdom. De stevige eikenhouten kast met panelen heeft weinig geheimen voor haar,

maar nu is ze toch even verrast.'Er zit geen spek in de val' heeft een harde rode kaft en dat was vroeger anders geweest. Dan lacht ze zacht want een ondeugende herinnering glijdt als een schaduw over de boeken. Toen zij het boek ging lezen als kind had het een glanzende gekleurde omslag gehad, met een getekende muis of muizen, dat weet ze niet meer.
Het had een paar dagen geduurd maar toen had ze met bonzend hart en vochtige handen die kaft eraf gehaald en onder haar bed verstopt. Ze kon nu steeds met haar zaklamp die het plaatje nog geheimzinniger maakte, genieten van iets dat niet mocht.
Misschien kwam het wel door die geheime actie dat ze te nerveus was om veel van de tekst te begrijpen. Ze had de verhalen dan ook niet uitgelezen en het boek op een onopvallend plek weer in de boekenkast met de glazen deuren gezet.
Mees slaat nu de pagina met de titel van het eerste verhaal op en ze leest: 'De liefde schuilt in een doublet van hazen.' Al bij de start weet ze dat ze dit geen leuk verhaal vond, omdat haas Leendert altijd op de vlucht was. Nee dan 'Er zit geen spek in de val' het romantische verhaal van twee verliefde muizen.
"En waarom denkt u dat ik zo dol op u ben?" vraagt muis Karel aan muisje Bieneke. En dat is toch wel uniek! Om degene waar je zwaar verliefd op bent met u aan te spreken. Mees vindt weer dat

dit getuigt van respect. Maar doorlezend weet ze dat ze het meest geboeid was geweest door de oude vrouw die als ze haar boterhammen had gegeten, de kruimels voor Karel op een blik verzamelde. Eerst was ze zo lief dat ze moest huilen van ontroering, maar van het enen moment op het andere veranderde zij in een woedend serpent. Ze gaf een trap tegen het blik en schreeuwde: "Ga jij ook maar weg!"

Mees had er toen niets van begrepen maar nu weet ze waarom ze steeds opnieuw deze passage moest lezen.

De oude vrouw leek heel erg op papa die hetzelfde gedrag vertoonde. De ene keer behandelde hij zijn vader, haar geliefde opa, met respect, om hem dan plotseling uit te schelden voor rotte vis. Ze had als kind gedacht: zo ga je gedragen wanneer je van iemand houdt. Maar nu weet ze dat het zo simpel niet ligt. Liefde en verliefdheid roepen stormen van emoties op en de wereld kan opeens totaal veranderen. Dat begrijpt ze, maar ze weet ook dat liefde kan omslaan in haat. Een gebaar of gezegde kan plotseling een warm gevoel tachtig graden laten omslaan en als het steeds vaker gebeurt verdwijnt langzamerhand de verbondenheid. Je hebt stellen die na ruzies hun stinkende best doen om het weer goed te maken, maar Mees zit anders in elkaar. Haar eerste vereiste is, elkaar beschermen en zo min mogelijk pijn doen. Wel verbaast het haar dat het gevoel van haat zo snel

wegebt, want als ze aan Jeroen denkt is er hoofdzakelijk ergernis en onverschilligheid.
Ze ziet als ze aan hem denkt andere gezichten verschijnen die na lang verzonken te zijn geweest, tevoorschijn komen. Vrienden en vriendinnen van vroeger. De een straalt betrokkenheid uit, de ander rust en soms ziet ze hoofdzakelijk een stralend humeur. Jeroen bezit geen van deze eigenschappen en ze vraagt zich weer af waarom ze verliefd is geworden. Het kan toch niet alleen zijn hulpeloosheid geweest zijn die haar heeft geraakt en ontroerd.
Hulpeloosheid hoort bij een kind en hij kon met al zijn geldingsdrang en lef aandoenlijk naïef zijn. Dat boeide haar, ze was nieuwsgierig naar de herkomst van dat gedrag maar zijn deur werd steeds opnieuw voor haar neus dichtgeslagen. En op de duur groeide de ergernis over zijn badinerend gedrag. Bij al haar creatieve voorstellen op het werk liet hij weten dat die ideeën al lang waren gepasseerd en hij al een stuk verder was. Hij was zich er niet van bewust dat niet Mees alleen maar de hele staf zich steeds meer ging ergeren aan hem

Mees is trots op wat ze bereikt heeft.
Eigenlijk weet niemand, zelfs mama niet, wat een enorme moeite het haar gekost heeft om zover te komen. Haar geldingsdrang is een hele andere dan die van Jeroen. Hij wil tot op de dag van vandaag zij ouders bewijzen dat hij beter is als zijn broer.

Zij weet niet wat er allemaal met hem gebeurd is, want hij kapte ieder gesprek hierover af.
“Je moet niet drammen Mees, ik heb het liever niet meer over die lui.”
“Het zijn wel jouw ouders en je broer.”
“Wat mij betreft zijn ze dat allang niet meer”.
Ze zweeg dan maar omdat ze naast zijn woede, zijn hulpeloosheid niet begreep Ze zag de ogen van een kleine jongen in een gezicht dat ouder leek dan drieëndertig. Er verschenen rimpels in zijn voorhoofd en lijnen die zijn mondhoeken naar beneden trokken. De gedachte alleen al aan zijn familie maakte hem oud.
Mees hoeft niets te bewijzen.

Zij was door haar ouders gekoesterd en vrij gelaten in de keuzes die ze wilde maken.
Bij papa was dat maar een hele korte tijd geweest, maar mama Lucie had haar in alles gesteund. Het viel lang niet mee op school en ondanks dat ze niet dom was, bleef ze achter bij haar klasgenoten. Het ging haar meestal veel te snel en ze voelde zich vooral in de zomer benauwd en opgesloten in het klaslokaal. De ramen stonden dan wel open vaak maar haar gedachten dwaalden alle kanten op. Zij wist toen al dat ze gevoel voor kleuren en vormen had en meer van de natuur wist dan de leraar.
Ze lette heel goed op wanneer Frank biologieles gaf. Hij had bij de eerste les verteld dat het zou gaan over de leer van de levensverschijnselen en ze

hoorde van alles over plant- en dierkunde. Ze had zelf al ontdekt dat alles samenhing, dat er een prachtige structuur zat in al het leven op aarde. En ze kon er niets aan doen dat ze bij de feiten die Frank vertelde, meer tijd nodig had om alles te visualiseren.

En in het jaar dat papa wegviel werden haar cijfers erbarmelijk maar er was niemand die daar iets van zei. Mees was toen heel vaak thuisgebleven omdat ze mama niet alleen kon laten.

Op de middelbare school ging het gelukkig een stuk beter, omdat ze langzaam leerde om hoofd- en bijzaken uit elkaar te houden. Toch was het een chaotische periode omdat ze nu achter was op het sociale vlak. Wanneer er een schoolfeest op komst was waar iedereen zich op verheugde, sliep zij de nacht ervoor bijna niet.

Ze zat zwetend en met kloppend hart rechtop in bed te overdenken hoe ze eronder uit kon komen. Zij gaf papa dan maar weer de schuld, omdat hij als geen ander had kunnen vertellen hoe ze zich gedragen moest. Mees was toen eigenlijk echt begonnen met het bezweren van haar angst en eenzaamheid. Ze luisterde en wachtte gespannen of mama Lucie vast in slaap was en was opgelucht wanneer ze begon te snurken. Dan begon het ritueel wat ze zelf ontdekt had. Zij neuriede een refrein van een lied dat mama vaak zong, en herhaalde dat zo lang tot ze slaperig werd. De woorden die zij niet hoefde te zingen, vervaagde steeds meer totdat zij ze helemaal vergeten was.

Mees weet niet dat het niet zo lang zal duren voordat er werkelijk iets met mamma gebeurt. Anders was ze niet zo opgewekt met haar naar de tufsteenman gereden. Ze noemt hem zo, omdat ze speksteen geen toepasselijke naam vindt. Ze zoeken lang in het magazijn en na een tijd zien ze er allebei uit als bestofte wezens die van een andere planeet komen. Haren, kleding en schoenen zijn bedekt met een wit laagje, maar ze hebben niets in de gaten en zoeken driftig verder. Iedere brok steen wordt onderzocht, stiekem bekrast en zelfs met spuug besmeerd. Want de steen komt nat of geolied pas ten volle tot zijn recht. Tenslotte komen ze allebei bij dezelfde grijs, geaderde steen terecht.

Mees ziet al helemaal voor zich hoe de vorm gebeiteld en geschuurd gaat worden en ze zeggen tegelijk: "Deze wordt het."

De steen wordt gewogen en ze besluiten het forse bedrag dat de man er voor vraagt, te delen.

"Heeft u nog gereedschap nodig," vraagt hij en Mees antwoordt: " Nee, alleen wat oude lappen."

"Dat krijgt u dan van mij cadeau."

Hij loopt naar de schappen en hoort niet dat Lucie zachtjes zegt: "Dat mag ook wel voor zo'n bedrag."

En Mees die haar lach niet kan verbergen, zegt ze tegen de jongeman:"Kan ik nog afdingen of krijgt onze gestorven hond een veel te dure steen?"
Het lukt haar!
De jongen schrikt en antwoordt: "Is Kelly dood? Ik miste haar al en ik geef u twintig procent korting."
De rest van de dag wordt er gewerkt. Lucie gaat met trol aan de slag en Mees maakt een plek vrij in de schuur, om aan de grafsteen te beginnen. Ze weet al dat ze hem volledig glad zal maken en de vorm zo veel mogelijk intact zal laten. En tot slot wordt Kelly's naam erin gegraveerd. Ze wil geen datum omdat ze dan steeds aan die ellendige dag herinnerd zal worden. Opeens wordt ze gestoord, omdat Jeroen weer belt. Ze loopt met haar mobiel de tuin in en zegt kortaf: "Wat nu weer Jeroen?"
Ze hoort hem snuiven, zijn keel schrapen en dan zegt hij met een stem die ze niet herkent: "Nu moet jij eens even goed naar mij luisteren. Ik heb het helemaal gehad met jou. Wanneer je nog niet het fatsoen in je donder hebt om me terug te bellen, dan kan je doodvallen."
"Wat is er gebeurd Jeroen?"
"Wat is er gebeurd? Jij merkt ook alles. Je maakt mij niet wijs dat je niet weet wat er speelt op het reclamebureau. Ontvlucht je me daarom?"
"Ik weet niet waar je het over hebt."
"Dat zal ik je vertellen: Je kunt gerust zijn, ik ben geen bedreiging meer. De weg naar de top is vrij, want ik heb vernomen dat mijn functie op de tocht

staat."
"Ben je ontslagen?"
"Nog niet, maar dat zou jou heel goed uitkomen."
Opeens beseft Mees dat ze staat te trillen en dat ze hier helemaal niet naar wil luisteren.
Alles is zo verwarrend en het lijkt wel of ze met een vreemde praat. Ze verbreekt de verbinding en loopt de schuur in. Mamma is er niet, ze pakt haar gereedschap en gaat door met beitelen. Wanhopig probeert ze de woedende stem uit haar hoofd te kloppen maar het mislukt compleet. Dit gaat voorbij, denkt ze: dit gaat hoe dan ook voorbij! Ik laat me niet trillend en zwetend opnieuw de angst intrekken. Ze voelt de neiging opkomen om te schreeuwen, laat met bonkend hoofd alles uit haar handen vallen en rent naar het huis.
Lucie staat in de keuken thee te zetten, ze schrikt als ze Mees in de deuropening ziet."Wat is er meisje, heeft Jeroen weer gebeld?"
"Nee, dat was Jeroen niet."
En ze vertelt dat de man waar ze van hield, verdwenen is. Lucie zegt rustig: "Probeer me letterlijk te zeggen wat hij te melden had."
En dat helpt.
Wanneer ze woord voor woord herhaalt en probeert geen nuance te vergeten, komt ze weer terug bij zichzelf.
Ze drinken thee en mamma zegt voorzichtig: "Ik krijg het vermoeden dat Jeroen achter die

bedreigingen zit."
"Dat kan niet, want hij was meestal op het werk."
"Hij kan iemand gestuurd hebben. Luister goed Mees: Ik meld dit bij de politie en dan kunnen ze een onderzoek starten. Sorry meisje, ik ga erg snel, maar ik vertrouw hem al zo lang niet. Jij wilt toch ook eindelijk rust krijgen?"
"Ja, natuurlijk."
Mees is verbaasd dat mamma's woorden haar niet wanhopig maken. Ze zou nu toch niet alleen verbijsterd maar totaal van slag moeten zijn. Maar dat gebeurt niet. Eigenlijk is ze opgelucht dat de totale omslag van haar gevoelens voor Jeroen, niet uit de lucht gegrepen zijn. Ze had zich best schuldig gevoeld dat haar liefde zo snel veranderd was in haat. Beverig vraagt ze: "Wat nu?"
"Even opruimen in de schuur en dan lekker onder de douche. Ik trakteer vanavond op het wokrestaurant."
Wanneer ze een paar uur later het vlees en de groentes uitzoekt, en wacht op de Chinees die alles snel en lachend voor haar bakt, denkt ze aan Jeroen.
Hoe kon ze verliefd worden op een man die niet helemaal goed bij zijn hoofd is?
Ze had toch meteen kunnen weten dat hij bezeten was van macht en er absoluut niet tegen kon om ook maar een moment zijn gezicht te verliezen.
Wat weet ze helemaal van hem? Dat hij haar nooit heeft meegenomen naar zijn ouders die in het

noorden van het land wonen. Hij heeft ooit eens gezegd dat hij van hun alleen geleerd heeft om te overleven.
"Er was altijd gebrek aan geld en het enige waar ze bezorgd over waren was, dat er genoeg te eten was."
Ze was verbaasd geweest over de minachting in zijn stem en toen ze meer wilde weten, was hij vlug over iets anders begonnen.
Mees kijkt naar het grote bord met mooi gerangschikt voedsel en denkt: Zijn ouders hadden groot gelijk. Met een lege maag ben je nergens en honger verlamt het grootste gedeelte van de aarde.

Papa was lopend naar het stadje gegaan om vis te kopen.
"Over ongeveer een uur ben ik terug, want ik maak een ommetje door het park."
Dat waren de laatste woorden die hij tegen Lucie gesproken had. Na ongeveer anderhalf uur was mama ongerust geworden, omdat Peter zich altijd aan zijn afspraken hield. En naarmate de avond vorderde was ze steeds banger geworden. Dat kwam mede door Mees die maar bleef zeggen dat er iets ergs gebeurd was.
"Hou op!', had Lucie geschreeuwd, "je hebt geen idee waar je het over hebt."
Ze had wel gezwegen maar kon het gevoel van paniek niet negeren dat bezit nam van haar. Het was dan ook heel normaal en een opluchting

geweest dat mama het politiebureau had gebeld. Ze hoorde haar zeggen: "Nu al bijna drie uur" en toen "nee dat is niet gewoon, hij blijft nooit ergens hangen."
Toen begon het echte wachten en Mees voelde zich schuldig omdat ze tegen mama had gezegd dat er iets gebeurd was met Peter. Zij had door dit hardop te benoemen iets verschrikkelijks opgeroepen. Papa moest nu thuiskomen om haar te verlossen van die schuld. Maar hij kwam niet en Lucie schreef en briefje 'we zijn jou aan het zoeken, tot zo.'
Ze trok Mees haar jas aan, wat ze allang zelf kon, legde het briefje op tafel en stapte met haar in de auto.
"Doe je gordel om schatje", had ze nog gezegd, voordat ze langzaam rijdend de buurt ging verkennen. En ze hadden het gevoel gehad of de hele wereld tegen hen samenspande. De volgende ochtend werd er een opsporingsbericht verzonden en waren zij niet meer de enigen die Peter probeerden te vinden.

Mees heeft de woorden van Lucie over Jeroen naar de achtergrond geschoven. Groot is de twijfel diep in haar hart, maar ze heeft er geen zin in om opnieuw beheerst te worden door paranoïde, angstige ideeën. Bij mamma komt ze tot rust en ze is vast van plan om na haar vrije dagen de draad van haar leven weer op te pakken. Ze is blij dat ze samen naar het boshuis zijn gegaan, want alleen was deze stap veel groter geweest. Ze wandelen veel en wanneer ze op hun laatste middag hun lievelingsplek bij de vossenbesstruiken bezocht hebben en moe thuiskomen, zien ze allebei onmiddellijk de envelop die voor de buitendeur ligt.

Er is een steen opgelegd tegen wegwaaien, er staat niets op.

"Maak jij hem maar open mam," zegt ze en is verbaasd dat ze niet bang wordt. Lucie twijfelt even maar scheurt dan ruw de envelop open. Dat is niets voor haar; ze opent haar eigen post met een brievenopener en is die niet voorhanden, dan gebruikt ze een mesje. Er komt slechts een vel dun papier uit en staande lezen ze:

Je bent te ver gegaan.
Alles is me ontnomen en
ik ben nog lang niet klaar met je.

De korte brief is getypt op de computer en uitgeprint. De afzender heeft een lettertype gekozen dat een handschrift suggereert, maar er is geen naam onder gezet.

Lucie is woedend.

"Ik heb toch zo de pest aan anonieme brieven, alleen lafaards verbergen hun naam. Geloof je nu dat het Jeroen is die zijn gal spuugt?"

"Het lijkt er wel op, maar helemaal zeker ben ik niet."

"Waarom in Godsnaam niet."
Mees zucht en weet opeens dat ze de dag voor Kelly's dood, nee nog eerder, de dag voor de vernielingen in de tuin, gedroomd heeft en een stem gehoord die zei: "Je bent te ver gegaan Mees, ik zal me wreken."
En nu weet ze nog iets dat toen niet tot haar was doorgedrongen: Het was een vrouwenstem geweest.
Ze vertelt mamma rustig wat ze juist ontdekt heeft, Lucie is even stil en zegt dan: "Je weet toch dat dromen vol symboliek zitten, je moet ze niet letterlijk nemen."
"Je hebt gelijk, ik ben nog steeds excuses voor Jeroen aan het zoeken, want de overgang is wel erg snel gegaan."
"En heel erg heftig geweest."
"Als het echt zo is dat hij zijn baan kwijtraakt, heb ik daar toch niets mee te maken."
"Nee, de man is zo gestoord dat hij iemand zoekt die hij de schuld kan geven. Bovendien heb je hem aan de kant gezet."
"Hij gaf me de kans niet om alles te laten bezinken en goed uit te praten."
"En hij kan het niet verdragen dat jij niet meer van hem houdt."
Lucie is nog steeds opgewonden, maar dan ziet ze dat Mees is gaan zitten en dat haar handen met de palmen omhoog, gelaten in haar schoot liggen.

"Sorry liefje, ik draaf weer door. Houd je nog van hem?"
"Nee, maar ik voel me schuldig."
"Schuldig? Omdat hij waarschijnlijk een stuk macht kwijt is, of omdat hij jou moet missen?"
"Ik weet het niet, alles is zo verwarrend."
"Dat is het ook en hij zorgt er wel voor dat dit zo blijft. Deze brief is al iets dat we kunnen gebruiken. Bij de aangifte kan hij onderzocht worden op vingerafdrukken."

Maar als ze besloten heeft om thee te gaan zetten en dan alles rustig te bekijken, groeit er iets in haar dat ze herkent van lang geleden. Ze staat in de keuken en voelt een woede opkomen die gelukkig zeldzaam is. Ze merkt op dat het geen onzin is wat er gezegd wordt over een rood waas, want er verschijnt een bloedrood scherm in haar hoofd dat alles troebel maakt. Bevend maar onverschrokken grijpt ze om zich heen en het eerste wat er in haar handen komt, is een fluitketel die op het aanrecht staat. Ze pakt hem en smijt hem op de vloer. Hij stuitert, knerpt en piept zelfs even, maar dat is nog niet genoeg. Mees wil een koffiebeker pakken, als Lucie haar tegenhoudt.
"Stop Mees, ben je nu helemaal gek geworden?'
Haar hand zit als een schroef om haar pols, maar ze is niet te houden. Ze pakt met haar andere hand de beker en voelt dan dat mama hem ook te pakken heeft.

"Ellendeling!", schreeuwt Mees en hoort Lucie zeggen: "Bedoel je mij, laat onmiddellijk die beker los!"
"Nee', brult ze nu en wordt nog kwader omdat haar moeder best weet wie ze bedoelt. Lucie heeft inmiddels gewonnen, ze heeft de beker veroverd en hem op het aanrecht gezet.
"Wanneer je trappen en schreeuwen wilt, kom dan naar buiten want ik weet zeker dat je daar geen schade kan aanrichten."
Maar Mees is op een keukenstoel gezakt en kijkt naar haar moeder die ze langzaam weer echt begint te zien. Lucie ziet er door de opwinding verwilderd uit, maar niet verslagen, en dat komt niet alleen door de veroverde koffiebeker. Ze zakt op een stoel tegenover haar dochter en zegt: "Machteloosheid roept woede op, maar gebruik die woede niet tegen jezelf."
"Ik kan hem wel vermoorden", begint ze weer maar ze schreeuwt niet meer.
En mama volgt: "Kielhalen!",
" Verbranden, vergiftigen!"
Dan stromen opeens de tranen over haar wangen en haar hoofd valt voorover op de keukentafel. Lucie zwijgt en laat haar huilen en ze blijft zitten waar ze zit.
"Ik weet het niet meer mama Lucie", zegt Mees en ze staat op. Haar oogleden zijn gezwollen maar haar blik is helder en vast.

“Ik ook even niet schat, maar we komen er wel uit.”

Het heeft te maken met situaties die Mees vergeten wil, omdat ze niet wil toelaten dat ze als kind tekeer kon gaan als een beest. Gelukkig heeft papa dat nooit van haar gezien, maar na zijn dood kon ze onredelijk driftig worden. Dat kon zonder een ernstige aanleiding zomaar gebeuren.
Mama had bijvoorbeeld de gewoonte aangenomen om alle deuren af te sluiten wanneer ze gingen slapen. Het was natuurlijk heel begrijpelijk dat ze zich onveilig voelde na papa’s dood, maar Mees vond het vreselijk. Zij voelde zich opgesloten, alsof ze in een gevangenis zat.
Op een avond kon ze weer eens niet in slaap komen en omdat het een warme kalme nacht was, besloot ze om op het terras te gaan zitten. Ze had een glas cola ingeschonken en liep naar de achterdeur. Deze zat op slot en Mees werd van het ene moment op het andere zo woedend, dat ze het glas tegen de muur smeet.
Het was zo’n raar glas geweest dat in duizenden stukken uit elkaar spatte en de cola kon vrij alle kanten op. Lucie die haar al gehoord had toen ze de trap afliep, stormde naar beneden en viel op de laatste trede. Nog nooit was er zo’n scala van gevoelens in korte tijd door haar heengegaan: nasudderende woede, angst, schaamte en schuldgevoel wisselden elkaar razendsnel af en ze

rende op haar blote voeten op mama af. Het mag een wonder heten dat ze niet gewond raakte door het rondgeslingerd glas. Mama was voorover gevallen maar ze mankeerde niets, ze keek wat verdwaasd naar Mees die een korte jas van haar aanhad.
Voordat ze naar de keuken was gegaan had ze iets gegrepen van de kapstok, om haar blote lijf te bedekken. Mees hielp Lucie overeind en zei: "De deur was op slot en daar kan ik niet tegen."
"Dan had je dat moeten zeggen Mees Notenboom." Mama was kwaad maar niet zo erg, want dat officiële Mees Notenboom klonk eerder lief dan bestraffend.
Ze was er, zoals wel vaker bij Lucie, weer heel genadig afgekomen.

Mees stelt zich voor hoe papa gereageerd zou hebben op alle bedreigingen, als hij niet verdwenen was en ze een normaal gezin waren geweest. Meestal was hij rustig en wat afwezig maar hij kon ook woedend worden op zijn vader die hem in zijn ogen grandioos in de steek had gelaten. Zij heeft gelukkig Lucie nog maar verlangt opeens naar Peter die waarschijnlijk heel anders met de situatie was omgegaan. Dat weet ze niet alleen uit eigen ervaring, want wat zijn nu acht jaar op een mensenleven?
Lucie heeft hem door haar verhalen levend gehouden en toen ze het trauma van zijn

verdwijning een beetje had verwerkt, kon ze mama van alles vragen. Hoe zijn schooltijd was geweest, hoe hij Lucie had ontmoet en zijn reactie bij haar geboorte.
Dus in feite verlangt ze naar een man die ze uit dromen en doorgegeven beelden heeft geschapen. Een perfecte unieke vader, waarvan zelfs zijn zwakke kant iets romantisch had. Daarom wil ze hem eigenlijk niet betrekken bij de ellende die haar van alle kanten insluit in een web van vrees en twijfel. Laat hem maar blijven wie hij is: de ongrijpbare vertegenwoordiger van de mooiste tijd van haar leven, toen onzekerheid en angst nog te behappen waren. Hij zorgde er mede steeds voor dat zij steeds weer gelukkig werd. Bovendien blijf hij altijd aanwezig in de natuur om haar heen. Wanneer ze soms een tijd niet aan hem gedacht heeft, hoort ze in het bos plotseling zijn stem. Hij staat over haar heen gebogen en laat haar in het groene schrift schrijven:
Er zijn al sedert minstens 150 miljoen jaren vogels op de aarde geweest; ze hebben zich vertakt in duizenden verschillend soorten, en er leven momenteel waarschijnlijk meer vogels dan mensen op de wereld. Hun vermogen om te vliegen is de voornaamste oorzaak van dit opzienbarend succes, maar niet de enige. Veel vogels zijn ook aangepast aan het leven op het land en sommige soorten voelen zich thuis op zee, waarin alle leven is begonnen.

Dat deze zinnen bijna vlekkeloos in haar geheugen zitten is een wonder te noemen, want ongetwijfeld staat haar schrift vol met taalfouten.

Na de woede-uitbarsting gaat Mees alleen op pad. Ze weet niet waar deze plotselinge impuls vandaan komt en Lucie had maar kort geprotesteerd.
"Neem je wel je mobiel mee, schat?"
Ze hoefde verder niets te zeggen want ze begrepen elkaar. Overdag is de kans miniem dat haar iets zal overkomen, want aangezien haar kwelgeest steeds is gevlucht na een noodlottige actie, moet het een grote lafaard zijn. Ze loopt het bos uit en besluit opeens om de snelweg over te steken, om in het beschermd natuurgebied te komen. Ze is er met Kelly niet vaak geweest, omdat ze niet los kon lopen. Mees herinnert zich haar grote opwinding toen ze plotseling een geruis hoorden, Kelly nog eerder dan zijzelf, en er even later een kudde reetjes in volle vaart voorbij rende. Dat was weer zo'n moment geweest dat ze ademloos had staan kijken en 's avonds Lucie in Spanje had gebeld, om haar te laten delen in haar euforie.
Nu staat ze achter het hek bij het wildrooster en trekt de klink omhoog. Ze stapt in een heel andere omgeving dan haar eigen bos. Er is minder variatie in bomen en ook de bodem is anders bedekt. Toch geniet ze weer langzaam en voelt wat spanning verdwijnen. Grote stroken vossenbessen worden afgewisseld door kale plekken en op de grond

liggende dorre, reuzenvarens. Ze denkt eraan dat ze misschien in het voorjaar stiekem een pol bessen kan uitsteken, om ze dicht bij het huis te zetten; ze blijven zo prachtig groen in de winter. Toch weet ze dat ze dit niet zal doen, omdat ze dan meewerkt aan zaken die haar mateloos ergeren. Zoals dennen die door dagjesmensen gekapt worden in December, scheuten rododendron en paddenstoelen die massaal gestolen worden.
Mees slaat rechtsaf een pad in en blijft opeens verrast staan. Ze ziet tussen kale struiken een zo te zien onbewoond huis staan, wat eigenlijk die naam niet verdient. Het vocht in het bos heeft flink toegeslagen en er een droevig krot van gemaakt. Ze ziet nu ook waarom het haar niet eerder is opgevallen, want een schutting begroeid met laurier is omgevallen en stukken die nog staan zijn scheefgezakt. Nieuwsgierig gaat Mees erop af en ziet dan dat het een klein stenen huis is, waarvan de muren ook het nodige te lijden hebben gehad. Ze glijdt uit op de groen uitgeslagen tegels van het bemost terras. Ze ziet dat het hout van de deur en kozijnen ooit is geverfd, maar alles is zo afgebladderd dat de kleur nauwelijks nog te herkennen is. Mees denkt dat de deur gesloten moet zijn, maar tot haar verbazing geeft hij krakend mee en kan ze naar binnen gaan.
Wanneer ze in de kamer staat, ruikt ze een muffe vochtige geur die haar in de gang bijna naar buiten heeft gejaagd. Ze weet dat het niet alleen deze

stank is die haar heeft afgeschrikt, er hangt iets in de lucht wat kil over haar huid kruipt. Aan het beschimmelde soms loszittende behang, de kale muren en het haast lege vertrek, ziet ze dat het huis al lang leeg moet staan.
Er is niets wat er op duidt dat er onlangs nog mensen zijn geweest, maar Mees twijfelt. Midden in de kamer staat een grote rieten stoel en ze krijgt het gevoel dat daar nog niet zo lang geleden iemand heeft ingezeten.
“Onzin”, zegt ze hardop en besluit dan om Lucie te bellen. En terwijl ze haar nummer intoetst beseft ze dat er toch iets is wat haar intrigeert, wat ze met haar moeder erbij misschien kan ontdekken. Ze heeft nu tevens een excuus om deze ruimte te ontvluchten en de andere kamers links te laten liggen.
Mees spreekt met Lucie af bij het wildrooster en kort erna stapt zij door het hek.
Wanneer ze samen het huis doorlopen zegt mama: “Een leegstaand huis in een bos heeft natuurlijk iets geheimzinnigs, en ik ben blij dat je mij gebeld hebt. Dit huis is een puinhoop, alles wat een mens nodig heeft ontbreekt. Het kan alleen gebruikt worden als vluchtplek voor een regenbui.”
“Of een tijdelijke plek om je te verstoppen?”
Mama loop naar het raam en Mees hoort haar mompelen: “Een dodenhuis.”
Dan schrikt ze omdat ze aan Mees ziet dat ze haar heeft gehoord.

"Het komt door de laurier die veelvraat van een plant; ik moest opeens aan een reis door India denken. Op een middag zag ik een rouwstoet en de jonge vrouw die op een lijkbaar lag. Haar gezicht was half bedekt met laurierbladeren en sindsdien associeer ik deze plant met de dood."
Mees besluit om niets over haar gevoel bij de rieten stoel te zeggen en volgt Lucie naar de keuken. Ook daar is alles leeg; geen borden, bekers of pannen en zelfs een gasstel of fornuis ontbreekt. Dan staat Lucie opeens naar de vloer te staren en zegt: "Ik heb het altijd onhygiënisch gevonden om stoffen vloerbedekking in een keuken te leggen, en hier heeft iemand nog niet zo lang geleden gelopen."
Mees ziet wat ze bedoelt; er staan verse voetstappen en vegen op de stoffige bruine vilttegels. Ze zegt: "Ja dat gevoel had ik al in de kamer, hoewel het nergens op gebaseerd is."
Ze vertelt mama over het rieten gevaarte en Lucie haast zich er naar toe. Ze bekijkt de stoel heel goed en loopt er zelfs omheen. Dan bukt ze en raapt iets blinkends op, wat ze glunderend aan Mees laat zien.
"Ik wist het wel, kijk een oude munt Meesje, je hebt bijzondere gaven."
Mees lacht en vraagt dan wat de munt ermee te maken heeft.

"Hij is zo te zien van zilver en als hij lang in dit vochtige hol had gelegen, was hij zwart of minstens groen uitgeslagen."
Nu lacht ze niet meer en fluistert haast: "Dan is er onlangs nog iemand hier binnen geweest."
Lucie loopt naar de keuken, leunt tegen het aanrecht en zegt: "Ik moet opeens aan de trol denken, heb jij die dag geen voetstappen in de sneeuw gezien?"
"Ja, ik dacht dat ik je verteld had dat in de versgevallen sneeuw, die vreemde sporen niet erg diep waren."
"Dat kan betekenen dat de dader haast had en misschien was het wel een vrouw."
Ze kijkt naar de vloer en laat erop volgen: "Dit is geen spoor van grote voeten maar dat zegt niets; een man kan ook een kleine maat hebben."
Mees beseft dat Lucie hetzelfde denkt als zij: de aanvaller is naar dit huis gevlucht. Het is hooguit een kwartier lopen vanaf het boshuis en rennend kan je er nog vlugger zijn. Hardop zegt ze: "Wanneer de gek die bij mij heeft rondgespookt naar dit huis is gevlucht, dan is hij bekend met de omgeving."
"En hij heeft zich voorbereid."
Ze praten alweer over een man en het lijkt Mees bijna onmogelijk dat er een vrouw bij betrokken is. Zij wil nu eigenlijk wel weg, maar als mama haar zegt dat ze nog even boven gaat kijken, blijft ze angstvallig in haar buurt.

De trap is kaal en plakt van het stof, aan de overloop liggen twee kamers. Ze worden hier niet veel wijzer van. De meubels zij ook hier weggehaald en er liggen alleen wat planken en een beschimmelde rol closetpapier. Mees kijkt door het smerige raam van de grootste kamer naar buiten en ziet dat het licht veranderd is. Ze heeft geen notie van de tijd en is opeens doodmoe.
“Kom we gaan er vandoor, want hier word ik ook niet vrolijk van”, zegt mama en pakt Mees bij de hand om haar naar buiten te loodsen.

Terug in de stad weet Mees al vlug dat een aangifte niet veel oplevert. De dienstdoende agent is vriendelijk genoeg, maar ze meent iets in zijn ogen te zien wat dichtbij twijfel ligt. Hij zegt nog net niet: “Wat betekenen nu een vernield beeld en een paar bekraste bomen, gebons op ramen in de nacht, een dode hond, poging tot brandstichting en een dreigbrief.”
Alles wordt keurig genoteerd en zij krijgt de waarschuwing om haar huis te beveiligen. Dan zegt hij iets dat bij Lucie in het verkeerde keelgat schiet: “Het lijkt me niet verstandig om nog naar uw vakantiehuis in het bos te gaan.”
“Het is toevallig wel mijn huis wanneer ik in Nederland verblijf, en ik laat me niet wegjagen!”
“U weet toch dat het huis bij een andere gemeente hoort?”

"Ja, ik zal daar ook aangifte doen, misschien geloven zij ons wel."
"Dat zijn uw woorden; ik heb niet gezegd dat ik u niet geloof."
"Zet dat dan maar onder deze aangifte."
En of het door de verblufte agent komt of door mamma die driftig naar de deur loopt, Mees moet opeens lachen. Ze lacht eerst hardop, hikt wat na en barst dan in tranen uit.
Nu verandert de sfeer, Lucie draait zich om en zegt verwijtend: "Ziet u nu hoe ze er aan toe is?"
Ze krijgen nog eens koffie en de agent vraagt Mees wanneer ze zich hersteld heeft: " Bent u van plan om weer aan het werk te gaan?"
"Ja, ik denk van wel."
"Dan wil ik u vragen om iedereen goed in de gaten te houden en wanneer u aanwijzingen heeft, of ook maar het vermoeden dat er iets niet klopt, bel me dan direct."
"Dat zal ik doen."
Pas als ze thuis zijn beseffen Mees en Lucie, dat ze vergeten zijn hun verdenkingen te uiten over het verlaten huis.

Toen het na eindeloos pijnlijke en vermoeiende dagen tot Mees doordrong dat papa niet meer thuiskwam, was ze ingestort.
Ze kon niet huilen, niet eten of slapen. Ze weet nu niet meer of ze echt niet meer kon praten, of dat ze het niet meer wilde. Ze zweeg en lag de meeste tijd

opgerold als een egel onder haar bed. Daar hoorde ze soms papa's stem die haar iets vertelde. Bijvoorbeeld dat sommige vogels al sociaal gedrag vertonen als ze nog in het ei zitten. Ongeveer een week voordat ze uitkomen, beginnen de kuikens al te piepen. Ze krijgen dan antwoord van soortgenoten uit een ander ei. Ze piepen steeds harder en het spelen het klaar om haast tegelijk naar buiten te komen.
Maar liggend in haar stoffige hol onder het keurig opgemaakte bed, kon Mees zo hard piepen en kreunen als ze wilde, haar vader reageerde opeens niet meer. Ze hield zich dan maar voor dat hij vaak verteld had over wonderen: een kikker die veranderde in een prins en maagden die konden vliegen.
Waarom zou er geen wonder kunnen gebeuren met hem?
Hij kon wat haar betreft onveranderd haar kamer binnenstappen.

Maar Mees neemt die avond het besluit om nog een extra vrije dag te nemen. Ze is moe en moet steeds aan de woorden van de agent denken: "Het lijkt me onverstandig om nog naar uw vakantiehuis in het bos te gaan."
Zij probeert dan ook om Lucie over te halen deze raad te volgen. Maar haar moeder houdt voet bij stuk: "Ik blijf voorlopig bij jou als je het goed

vindt, ik wil dat je tot rust komt. Maar ik blijf erbij, dat ik me niet laat wegjagen."
Mees knikt alleen en hoewel ze weet dat mamma gelijk heeft, lopen de rillingen over haar rug bij het idee van haar moeder alleen in het boshuis. In een korte tijd is ze veranderd: Ze heeft het vertrouwen in de mensen verloren en nooit geweten dat ze zoveel woede in zich had. Woede en wraakgevoelens die op de meest onverwachte momenten als een denderende trein door haar heen razen. Toch is het dezelfde woede die haar op de been houdt en wanneer ze de volgende dag op haar werk Jeroen tegenkomt op de gang, slaat hij als een steekvlam door haar heen. Hij zegt niets en wil doorlopen, maar ze zegt venijnig: "Wat doe jij hier nog, ik dacht dat ik van je af was."
Maar dan begrijpt ze onmiddellijk dat ook zij beter haar mond had kunnen houden. Jeroen stopt en komt vervolgens heel dichtbij haar staan. Hij kijkt haar woedend aan, maar ze ziet nog veel meer in zijn ogen en wordt bang. En ze denkt wat ze al eerder gedacht heeft: Hij is compleet gestoord. Hij omhelst haar en fluistert in haar oor: "De zaak wil me kwijt maar jij bent nog niet van me af, ik zal je tot in lengte van dagen blijven volgen."
Mees huivert bij zijn bekende geur en moet al haar kracht verzamelen om zich van hem los te maken. Op het moment dat ze wil doorlopen ziet ze Agnes Laroux en Clarice Jansen een eind verderop in de gang. Ze hebben de omhelzing gezien en gaan aan

de kant wanneer Mees vlug naar haar kamer loopt. Ze moet eerst twee glazen water drinken om het misselijke gevoel kwijt te raken en gaat dan bevend voor haar computer zitten. Ze zet hem aan en begint de lange lijst e-mails te lezen. Halverwege komt ze het bericht tegen dat ze zoekt: maandag 20 december om tien uur personeelsvergadering in de…
Ze ziet plotseling de letters voor haar ogen dansen en voelt paniek opkomen. Ze denkt aan de waanzin in Jeroens ogen en begrijpt dat zijn onvermijdelijke ontslag er aan komt. Ze probeert zich te beheersen en door te lezen, maar het lukt niet. Dan denkt ze aan de agent en weet zelfs zijn naam: "Dhr. Donkers," had hij gezegd en aan het eind van het gesprek was hij ook een gewone, betrokken burger voor haar geweest. Ze had toen pas gezien dat hij een bijna kaal hoofd had, en prachtige blauwe ogen in een mooi gevormd gezicht. Ze kiest het nummer van het politiebureau en wanneer ze hem eindelijk aan de lijn krijgt, beseft ze dat ze rustig wordt van zijn stem. Ze vertelt hem dat ze Jeroen verdenkt, maar haar angst steekt opnieuw de kop op als hij zegt dat hij van plan is om hem te gaan ondervragen.
"Wacht daar alsjeblieft nog even mee, misschien verdwijnt hij wel wanneer hij werkelijk ontslagen wordt en wil hij me nu alleen maar intimideren."
"Ik geloof dat u niet beseft hoeveel angst er in uw stem ligt. Denk er nog even over na en bel me als u

een beslissing heeft genomen. Ik denk er ook serieus over om een collega te vragen uw huis in de gaten te houden."
Mees, die ingespannen zit te luisteren, moet bijna lachen om de toon waarop hij alles brengt: Alsof hij het over een geplande kwajongensstreek heeft, waar hij wel even een stokje voor zal steken.
Toch is Lucie 's avonds wanneer ze thuiskomt, uiterst tevreden als ze alles hoort.
"Ik voel me een stuk veiliger, en ik heb er een beetje spijt van dat ik zo uitviel tegen de man."
"Misschien is hij daardoor nu zo aardig."
"Of jouw tranen hebben hem ontdooid."
Het is maar goed dat ze vanuit het appartement niet op straat kunnen kijken, want Lucie heeft twee uur later de bewaking pas gezien. Ze is een paar keer met de lift naar beneden geweest en kwam de derde keer enthousiast terug.
"Er post een agent in de straat, die de voordeur in de gaten houdt. Hij zit in een rare kleine auto en zei tegen mij dat ik niet moest blijven praten."
Mees lacht om mamma's opgewonden gezicht en zegt plagend: "Jammer dat mijn trouwe Pitbull de straat niet kan zien."
"Ja, want anders had ik allang een stoel voor het raam geschoven."

Mees heeft Donkers beloofd 's morgens te bellen wanneer ze gaat werken. Ze doet dat vlug, nadat ze op de wekker gezien heeft dat ze zich heeft

verslapen. Eerst belt ze haar werk dat ze later komt en daarna het bureau.
“Agent Donkers.”
“Met Mees, ik heb me verslapen maar ga over een half uur naar mijn werk.”
“Mooi zo, dan hebt u waarschijnlijk een goede nachtrust gehad?”
“Ja prima, maar zeg alsjeblieft je.”
“Ik neem aan dat je moeder nog blijft. De agent die gepost heeft, rijdt vandaag af en toe langs het huis.”
“Af en toe?”
“Ja, ik denk dat het voldoende is.”
Mees weet opeens niet wat ze er van denken moet, ze is onrustig en treuzelt met weggaan. Lucie ziet het en ze zegt: “Ga nu maar schat, er gebeurt niets. Je weet het, wij laten ons niet van de wijs brengen door die gestoorde malloot.”
En tien minuten later stapt ze, perfect gekleed in een blauw mantelpak met daarover haar warme cameljas en wollen sjaal, de deur uit. Het is haar niet aan te zien dat ze de rust van de nacht kwijt is en dat een gespannen gevoel haar maag samentrekt. Ze kijkt naar de lindeboom aan de overkant van de straat en vraagt zich af hoe lang het geleden is dat ze zich zorgen maakte over haar vernielde eik. Zal hij net zo’n pijn voelen als zij op dit moment? Ze is haar hond kwijt, haar geloof in de liefde en het vertrouwen dat alles goed zal komen. Even voelt ze de neiging om terug naar

Lucie te gaan, samen met haar weg te kruipen in het appartement, om er nooit meer uit te komen. Dan weet ze dat ze, als ze toegeeft aan deze impuls, ze onvermijdelijk steeds dieper weg zal zakken.

Mama Lucie en Mees waren voor de zoveelste keer op zoek geweest naar papa.
"Tegen beter weten in", had ze een buurvrouw zachtjes horen zeggen en ze wist niet wat dit precies betekende en waarom mama zo fel had gereageerd.
"Is het al in jouw stomme kop opgekomen om ook eens te gaan zoeken, of ben je nu al vergeten wat Peter allemaal voor jou gedaan heeft?"
Mama was nooit zo geweest maar ze kon nu alles zeggen en werd dan met een meewarige blik aangekeken. Met een blik van: het arme mens kan er niets aan doen.
Eerst waren ze weer lopend door het park gegaan. En ze waren daarna met de auto zelfs op een paar ongeasfalteerde wegen geweest, waar papa haar geleerd had hoe ze met haar angst kon omgaan. Maar nu was hij er niet om spoken te bezweren en demonen weg te jagen. Mees had een steek van verlangen in haar hart gevoeld naar hem, ze zou zelfs met hem door de bocht willen scheuren. Mama bleef oplettend maar haar hoofd viel af en toe naar voren, ze was doodmoe. De auto schommelde bij elke kuil in de weg en Mees

schommelde mee, terwijl ze door het vuile raam keek. Er lagen overal grote plassen en door de modder slipten ze vaak, zodat mama al haar aandacht nodig had. Het werd al donker toen ze de oprit van hun huis opreden en ze zag onmiddellijk dat er iets goed mis was. Er stonden twee agenten voor de deur, waarvan een vrouw. Één agent was vrij normaal, want bijna dagelijks werden ze op de hoogte gehouden van de gang van zaken. Waar gezocht was in de omgeving en tips van mensen die Peter meenden gezien te hebben. Maar tot nu was alles zonder resultaat geweest.
Mees keek opzij naar mama en zag aan haar doodsbleke gezicht dat ze hetzelfde dacht als zij: wat moet die agente hier?
En toen deed ze iets heel raars: ze reed achteruit, sloot haar ogen en liet de auto de straat opgaan. Door een beweging van Mees kwam ze bij zichzelf en stopte. Ze keek naar de weg en kreunde: "Nee Peter, laat ons niet alleen alsjeblieft."
Toen opende ze het portier en stapte uit.
Wat er daarna gebeurde zag Mees nog vaak terug als in een traag afgedraaide film. Een agent bemoeide zich met de auto en de vrouw ontfermde zich over hen. Ook het geluid en de tekst waren onecht, want Lucie nog Mees geloofde de woorden die er binnen gesproken werden.
"We hebben hem gevonden en hij is dood."

Ze zeiden tegelijk: “Nee, dat kan niet”en Mees vroeg volgens haarzelf heel slim: “Waar is hij dan?”
Heel even was de agente van haar stuk gebracht en zei toen nogal strak: “Hij ligt in het ziekenhuis.” Ze had zich het gesprek waarschijnlijk heel anders voorgesteld.
Mees liep naar mama en pakte haar hand die als een slappe vogel langs haar zij hing.
“Zie je wel hij is niet dood, hij is niet goed geworden en wordt wel weer beter.”

Mees haalt diep adem en rijdt even later naar de zaak. Ze begint maar weer eens de e-mails te lezen en deze keer lukt het beter. Ze denkt er net aan om het bordje niet storen op haar deur om te draaien om zo rustig te kunnen werken, als Clarice Jansen binnenstapt. Haar ogen glijden, net als altijd, vlug over Mees haar gestalte. Ze ziet zodoende in een flits hoe haar kapsel zit, monstert haar kleding en schoenen. Mees hoeft haar niet goed te bekijken om te weten dat Clarice tot in de puntjes verzorgd is. Zij gaat in een elegante houding bij haar bureau staan en vraagt: “Hoe gaat het met je, ben je ziek geweest?”
“Het gaat uitstekend, ik heb een paar vrije dagen opgenomen.”
Dan begint de vrouw iets te vertellen dat haar totaal niet interesseert. Iets over een inwoner van de Vlaamse stad Gent die in een kluis van een

voormalig bankkantoor 300.000 euro heeft gevonden. De man die van Turkse afkomst is, heeft dit bankgebouw enige tijd geleden gekocht en bij de renovatie een gesloten kluis gevonden, die hij geopend heeft.
“Het zal je maar gebeuren,”zegt Clarice en ze wil nog iets zeggen, maar wordt onderbroken door Mees.
“Als je het niet erg vindt dan ga ik door met mijn werk: ik heb een achterstand in te halen.”
“Natuurlijk liefje.”
Dit antwoord klinkt zo onecht dat Mees het fraai opgemaakte gezicht tegenover zich wat beter bekijkt. Ze weet zeker dat ze zich niet vergist wanneer ze de blik in de ogen van Clarice heel snel ziet veranderen. Op dat moment laat Clarice iets vallen dat ze al die tijd in haar hand heeft gehad. Mees schrikt, want ze ziet een boekje met zwartleren kaft, hetzelfde boekje wat zo verflenst in haar tuin heeft gelegen. Ze beseft opeens dat ze al veel eerder had kunnen weten dat het afkomstig was van de zaak. Ongeveer een jaar geleden waren de notitieboekjes geschonken door een bedrijf in kantoorbehoeften waar ze de reclame voor hadden verzorgd.. Een aardig bijkomend bedankje waar zijzelf geen gebruik van had gemaakt. Wel had ze een exemplaar voor mamma meegenomen. Ze wordt opeens gevuld met haat. Al haar gevoelens van wantrouwen komen weer boven en ze vraagt liefjes: “Gebruik jij dat goedkope boekje?”

Clarice die weer rechtop staat, zegt verbaasd: "Zo goedkoop is het nu ook weer niet, het is erg handig voor losse notities."
Zij houdt nu het prul in haar rechterhand, haar duim speelt met de inhoud en haar lange, roodgeverfde nagel laat als een goochelaar de blaadjes voorbij schieten. Mees ziet dat de pagina's beschreven zijn. Dan denkt ze koortsachtig: Ik weet zeker dat het zo'n boekje was dat Kelly had gevonden, dan is het iemand van de zaak geweest. Jeroen?
Maar als het dezelfde persoon is (zoals Donkers denkt) die alles heeft gedaan, dan valt haar ex-geliefde af.
Alles was begonnen bij de schofterige vernieling van de trol en haar bomen. Ze denkt, nadat Clarice verdwenen is, diep na en weet dan weer dat ze die middag lang was weggeweest. Ze had boodschappen gedaan en was blijven hangen in de boekwinkel van het dorp. Tegen de avond had Jeroen haar gebeld. Zij had aan het begin van het gesprek gehuild en hij had heel weinig gezegd toen ze had verteld dat haar beeld was onthoofd met een bijl. Ze kan zich niet meer herinneren wat hij nog meer gezegd had: wel dat hij laat wilde komen omdat hij veel werk had op het bureau.. De meeste zinnen zijn verdwenen, alleen die ene komt terug: "Niet bang zijn Meesje."
Had toen een kille klank zijn stem veranderd?

Mees weet het niet meer en ze kan zich er absoluut niets bij voorstellen dat hij 's nachts stiekem door de tuin zou sluipen, om hard op haar raam te bonzen. En haar fantasie laat haar helemaal in de steek bij het idee dat iemand als hij haar hondje kon vergiftigen. Hij gaf niet veel om dieren en Kelly was hem meestal uit de weg gegaan, maar toch…
De dag van de poging tot brandstichting is een vage vlek in haar geheugen en ze weet niet eens meer of ze hem toen gezien heeft op het werk. En als die dreigbrief van hem was, dan weet ze nog steeds niet waarom hij haar als de bedreiger van zijn carrière ziet.
Mees weet wel dat ze nog nooit iemand heeft ontmoet die zo vlug van stemming kan veranderen. Het ene moment charmant, vriendelijk en op en top heer, om dan om te slaan in een dier dat in het nauw is gedreven.
En hij kan er absoluut niet tegen dat hij van zijn voetstuk wordt gehaald; zelfs een grap op dat gebied kan hij niet verdragen.
Omdat Jeroens beeld haar steeds duidelijker voor ogen komt, herinnert ze zich hoe hij reageerde op een tegenslag: Zijn ademhaling werd sneller, zijn voorhoofd vertrok in rimpels, hij balde zijn vuisten en in zijn ogen smeulde een vuur. Ze had hem zelfs een keer naar adem zien snakken, haast hyperventileren en de aanleiding was in haar ogen niet eens verschrikkelijk geweest. Zijn vader had

hem gebeld met de mededeling dat zijn broer een belangrijke prijs had gewonnen op wetenschappelijk gebied.
Voordat hij het zo benauwd kreeg, had hij gezegd: "Wat ik bereikt heb, is van minder belang."
Mees wil het niet maar kan niet voorkomen dat ze zich steeds slechter gaat voelen.

Een half uur later staat ze in een portiek van een huis dichtbij haar werk, te bellen. Ze weet dat Rex vroeger soms zijn mobiel uitzette, maar haar onlangs nog verzekerd heeft dat zij hem altijd kan bereiken. Ze staat te trillen en bidt dat hij alsjeblieft mag opnemen. Zij is na het gepieker over Jeroen aardig rustig kunnen blijven, maar toen ze naar huis wilde gaan en haar auto zocht, was het misgegaan. Net als vroeger had ze gebeden: "Laat het geen gevaarlijke dag worden."
Het had niet geholpen want ze kon haar auto niet vinden en raakte daardoor volledig op slot. De druk op haar hoofd en borst verlamde haar voor enige ogenblikken totaal, en daarna wilde ze alleen maar vluchten. Het was een opluchting geweest toen Mees allereerst haar beenspieren weer voelde en het op een lopen zette.
Maar al gauw was Rex in haar hoofd verschenen en ze hoorde hem zeggen: "Neem onmiddellijk contact met mij op."
"Met Rex Blom."
"Rex", hijgt ze en hoeft verder niets te zeggen.

"Mees, waar ben je?"
Hij vraagt niet eens waarom ze belt, en dwingt haar zo om na te denken over zijn vraag.
"In een portiek van een herenhuis."
"In onze buurt of bij je werk?"
Heel langzaam begint het zwarte scherm op te trekken en ze zegt wat beschaamd opeens: "Bij mijn werk Rex, en ik geloof dat ik nu weet waar mijn auto staat."
"Ho wacht eens even, geen sprake van dat jij gaat rijden, ik kom er onmiddellijk aan."
Mees zegt nog iets van "Om de hoek, eerste huis", zet een stap buiten het portiek en wacht.
Hij moet wel onmiddellijk ingestapt zijn en regelrecht naar haar toe gereden, want kort daarna staat hij voor haar. De schaamte verdwijnt om plaats te maken voor opluchting en zelfs een voorzichtig geluksgevoel.
"Kom", zegt Rex, grijpt haar hand en loodst haar naar zijn oude Fiat. Er flitst een korte gedachte voorbij van een autohut in een onweersbui en papa die zegt: "Benoem je angst."
Dat hoeft nu niet want Rex vraagt niets en rijdt naar huis. Wanneer Mees eenmaal binnen ontdekt dat Lucie er niet is, moet ze al haar moed bijeen vergaren om te zeggen: " Ze is vast boodschappen gaan doen."
"Dat denk ik ook en ga zitten Mees, dan zet ik een sterke kop koffie."

Ze knikt en vergeet maar even dat ze niet meer dan twee koppen per dag drinkt en dat limiet al heeft bereikt. Een vast stramien, vertrouwen in jezelf, geen dwangmatig gedrag zoals tellen en herhalen; alles tuimelt door elkaar en de warme koffie helpt. Maar ze wordt nog rustiger van Rex die tegenover haar in zijn beker blaast, naar haar glimlacht en zegt: " Pas op het is heet, verbrandt je mooie bekje niet."
Ze wil wat zeggen maar hij is haar voor, zet de beker op de tafel en gaat naast haar zitten.
"Zeg maar even niets schat, neem een slok want je ziet eruit of je het stervenskoud hebt."
Hij heeft gelijk en wanneer ze zijn raad opvolgt en langzaam warm wordt van de koffie en zijn arm om haar heen, kan ze vertellen wat er gebeurd is. Mees voelt haar kracht en woede terugkomen en kijkt naar Rex die nu stampend door de kamer beent. Zijn kwaadheid doet haar goed en ze vergeeft het hem dat zij zonet moest zwijgen en hij aan een stuk door loopt te praten. Hij praat en praat, vloekt af en toe.
"Wat doet die lafaard met je?"
En wat denkt Mees ervan, als hij Jeroen de mond zal snoeren met een stevig pak slaag? Het lijkt hem een veelbelovend idee om eindelijk van die ellendeling verlost te zijn. Hij tiert nog even door op een manier alsof hijzelf belaagd wordt en Mees zwijgt.

Maar wanneer Rex uitgeraasd is kunnen ze alles op een rijtje zetten, en is ze in staat om te luisteren naar zijn plan om de hele zaak grondig te onderzoeken. Rustig zegt ze dat zij allebei niet objectief zijn en het beter aan de politie kunnen overlaten.
"Misschien heb je gelijk, maar dat belet mij niet om mijn uiterste best te doen om die adder in de gaten te houden."

Haar vertwijfelde moeder die zich steeds flink gehouden had voor haar, verloor nu al haar reserves. Allereerst schreeuwde ze onverstaanbare woorden die Mees nog nooit had gehoord. Ze kwamen via haar borst haar keel uit en het duurde nog een hele poos voordat die rauwe geluiden stopten. Mees wist zeker dat ze lichamelijke pijn had die tienmaal groter was als de pijn in haar achterhoofd. Het was net alsof er iets scherps tussen haar haren naar binnendrong en ze dacht aan het moment dat papa haar had laten vallen. Het gebeurde weer, hij liet haar uit zijn handen glippen en ze was hopeloos alleen.
Maar toen hoorde ze mama Lucie snikken en ze wist dat ze iets moest doen. Ze kroop op haar knieën naar haar toe, want Lucie zat op de grond heen en weer te wiegen. Het gesnik was niet zo erg maar dat schommelen hoorde niet bij haar flinke mama.

Ze was al bij haar, pakte haar handen vast en zei: "Stil maar schat, alles komt goed."
Ze mocht nu liegen en mama's eigen woorden gebruiken.
"Nee", zei mama "Peter is dood."
Nu werd ze kwaad want dat waren woorden die ze absoluut niet wilde horen.
"Zeg zoiets nooit meer mama."
Haar stem klonk, ondanks een lichte beving, vastberaden en streng. Ze voelde, ondanks de pijn in haar hoofd, wroeging over haar gedachten van zonet.
"Het spijt me papa", mompelde ze "mama Lucie heeft me verteld wat er gebeurd is toen ik baby was maar jij kon daar toen niets aan doen."
En op dat moment voelde ze papa zo dichtbij dat ze iets ondoordachts zei: "Misschien is hij niet dood, maar leeft hij nog."
In dezelfde zin uitte ze zo twee keer hetzelfde en zette zich schrap voor mama's antwoord.
Gelukkig begon ze niet opnieuw te jammeren, ze zuchtte diep, keek haar aan met waterige ogen en zei: "jij hebt gelijk Mees, hij is niet dood."

Ze kan niet in slaap komen; een wandeling in groene heuvels onder een schitterend blauwe lucht, helpt haar niet meer. Nog nooit heeft ze zo goed de feiten op een rijtje kunnen zetten, maar nu heeft ze er niets aan. Omdat ze steeds verstrikt raakt in angstige details die alles uitvergroten. Mees

probeert verbanden te vinden tussen de onthoofde trol, vernielde bomen, gebons op ramen, een anonieme brief en haar vermoorde hond. Maar ze ontdekt niets zinnigs en kan alleen tot de conclusie komen dat het waarschijnlijk één persoon is die haar klein wil krijgen. Hij of zij beseft niet dat er steeds meer agressie wordt opgeroepen die haar langzaam gaat beheersen. Nieuws over geweld was tot nu toe iets wat bij haar leven hoorde, haar af en toe wel raakte maar geen bezit van haar nam. Nu heeft er iemand een grens overschreden en wordt Mees langzamerhand zelf furieus.
Ze ligt te woelen, voelt zich opeens misselijk en kan nog net op tijd het bed uitkomen. Een paar minuten later hangt ze boven de toiletpot en kotst haar gal uit.

Mees staat zo vlug op dat ze even duizelig wordt. Ze kijkt om zich heen en vraagt zich af wanneer haar gewone leven weer terug zal komen. Ze is toch weer gaan werken, omdat thuiszitten haar gek maakt. Ze heeft dit luxe kantoor nog niet zo lang en ze heeft het verdiend. Zij heeft altijd met plezier geleerd en ideeën verzameld om haar werk te verbeteren. De directeur heeft haar bij haar laatste promotie een van zijn creatiefste medewerkers genoemd en de reclame is steeds meer haar passie geworden. Maar nu is veel van dit gevoel verdwenen. Iedereen die kwaad op haar is geweest wordt onder de loep gehouden, ruzies worden uitvergroot, onverschilligheid omgezet in haat. Ze probeert in hoofden te kruipen, om na te gaan wat daar over haar omgaat. Ze neemt zich voor om constant alert te blijven op signalen die haar wegwijs kunnen maken in dit doolhof van haat. Ze kan in de nacht beslopen worden door deze maniak, ze kan er niets aan doen dat ze aan een bijl moet denken. Wat weet deze persoon van haar, wat maakt hem zo bezeten? Ze gaat in gedachte haar familie na, of ze niet verward wordt met een andere Notenboom, maar laat dat weer los. Zover ze weet heeft ze een kleine familie en geen verwanten van haar leeftijd. Het lijkt alsof ze zich al heel lang wil verstoppen, terwijl het hele gebeuren nog geen twee weken bezig is. Ze voelt zich wel tien jaar ouder.

Mees probeert zich wanhopig te concentreren en kijkt naar de kalender aan de muur, als de telefoon gaat. "De plicht roept," zegt ze hardop en hoopt dat dit het sein is dat men haar weer nodig heeft. Maar het is Lucie die opgewekt vraagt hoe het met haar is. Dan vraagt ze, voor haar doen timide, of Mees het goed vindt dat ze voor vanavond een paar vrienden uitnodigt.

"Alleen voor een kop koffie en een wijntje. Ik zal zeggen dat het niet te laat moet worden, omdat jij weer aan het werk bent."

Mees zwijgt lang en wil nee zeggen, als ze zich opeens bedenkt. In feite is dit weer een prima plan van mamma; ze kan dan aan iets anders denken en

stiekem verlangt ze best naar de aandacht van Rex en Maartje.
"Goed mam, maar dan alleen Rex en Maartje."
En of dit korte gesprek de lucht geklaard heeft, Mees vindt eindelijk de juiste toon en gaat nog een paar uur aan het werk.

Wanneer zij thuiskomt gaat ze zich eerst douchen en omkleden. Ze geniet van de luxe om haar moeder in huis te hebben. Haar appartement lijkt een stuk gezelliger met haar spullen die ze op de gekste plekken tegenkomt. Ze lacht als ze de badkamer binnenkomt en de groene fles met water bij de wc. ziet staan.
Mamma heeft nog voorouders die in Indië hebben gewoond en vindt dat er gewoontes zijn die je in ere moet houden.
"Je wordt nooit zo schoon van onderen met wc-papier en bovendien is het goed voor de bloedsomloop."
Mees doet een plas en spoelt zich af. Ze rilt en roept: "Het kan dan wel goed voor de bloedsomloop zijn, maar alles bevriest door dat koude water."
"Dat komt omdat jij het niet doet als ik er niet ben, je bent verwend."
Zij kan weer lachen en de toon van de avond is gezet, als ze in spijkerbroek en gemakkelijke trui de deur voor Rex opent. Hij duwt haar een bos

rode rozen in de hand en zegt: "Wat zie jij er verrukkelijk uit."
Dan stopt hij zijn neus ergens in haar nek. "En je ruikt naar violen."
"Nee Maja-zeep en jij bent veel te chique gekleed, zoals altijd."
"Je weet toch dat ik dat alleen voor jou en Lucie doe."
Rex gooit zijn sjaal op de kapstok en vraagt dan: "Geen nieuwe vervelende ontwikkelingen?"
"Nee gelukkig niet, ik heb vandaag weer een tijd als vanouds kunnen werken."
"Fijn Mees, je weet dat die Donkers niet de enige is die de boel in de gaten houdt. Ik probeer door goed op te letten geen mens de kans te geven ook maar iets te proberen."
Mees schiet vol en is blij dat de volgende gast zich meldt. Maartje's entree is een stuk rustiger, maar daardoor niet minder hartelijk. Ze heeft ook een bos bloemen meegebracht en Mees roept verrast: "Wat een prachtige rozen schat, die zijn toch veel te duur!"
Maartje lacht en zegt: "Eigenlijk wel, maar ik heb er zelf ook plezier aan beleefd."
"Wat bedoel je?"
"In de bloemenzaak is er bijna een gevecht ontstaan, omdat dit de laatste witte rozen waren en je raadt nooit met wie."
"Met Rex?'

“Nee, Agnes Laroux. Ze stond ineens naast me, ze wilde dezelfde bos pakken en schrok zich een hoedje. Haar kop werd nog roder toen ik zei dat ik haar de laatste tijd steeds in de buurt zie. Woont ze hier ergens?”
“Nee, zover ik weet in de binnenstad.”
“Misschien heeft ze een geheime liefde.”
Mees loopt de keuken in en ziet mama die in een glazen schaal met bowl staat te turen. Ze ziet er mooi uit in een nieuwe jurk die ze nog niet gezien heeft. Haar haren zijn glanzend geborsteld en haar lippen licht roze gekleurd. Maar zij kent haar te goed. Er lopen oudmakende lijnen in haar gezicht en haar blik is naar binnen gekeerd. Voor de zoveelste keer bewondert ze haar wilskracht.
“Gaat het mama Lucie?”
“Ja lieverd, ik bedenk net dat ik deze avond niet alleen voor jou heb georganiseerd. Het is af en toe broodnodig om mensen om je heen te hebben die je mag. Die glunderend binnenstappen en rekenen op een vrolijke avond.”
Rex en Jeroen: beste vriend en wat haar betreft ex-minnaar.
Mees bekijkt haar buurman die in gesprek is met Lucie. Ze vergelijkt hem met Jeroen en is gefascineerd door de verschillen. Ze beseft dat haar gevoelens voor Rex altijd veel warmer zijn geweest dan die voor Jeroen, en dat ze Rex ook al zou er seks bijkomen, niet vlug haar minnaar zou noemen. Hun vriendschap is uniek en ze is blij dat

hij zo dichtbij woont. Toen Lucie was gearriveerd had hij zijn armen gespreid en mama was tegen hem aangevallen. Lang had hij haar vastgehouden en ze was ontroerd geweest door deze stevige omhelzing.
“Het is fantastisch dat je zo vlug bent gekomen.”
“Dat spreekt toch vanzelf als je enige dochter je nodig heeft.”
Veel meer was er toen niet over de gestoorde aanvaller gezegd, maar nu hoort Mees dat ze over Kelly praten. Ze gaat bij Lucie zitten en opnieuw laat ze het toe dat er tranen in haar ogen springen, wanneer ze vraagt: “Hebben jullie het over Kelly?”
“Ja liefje, ik wilde je net vragen of je erbij komt zitten.”
Ze praten een tijd over de hond en komen terecht bij de avond dat Rex in een kroeg moest spelen en Mees er met Kelly naar toe was gegaan. Ze was toen al met Jeroen en had hem gevraagd om mee te gaan. Hij zei dat hij die avond niet kon, en toen ze het drukke café was binnen gestapt, stopte de muziek terwijl ze op het kleine podium afliep. Rex stak zijn hand op, smoesde even met de andere bandleden en speelde toen ‘the best’ van Tina Turner. Het wat oubollige nummer dreunde door de speakers en Rex zong haar toe : “Your simply the best.”
Op dat moment voelde ze een hand op haar schouder, schrok toen Jeroen zich naar haar toe

boog en riep: “Is dit nu de muziek van jouw buurman, weinig origineel zou ik denken.”
Het vrolijke, warme moment was voorbij en ze had zich enorm geërgerd: niet alleen aan Jeroen maar hoofdzakelijk aan zichzelf. Want waarom moest ze even later zo haar best doen om Rex te verdedigen en om bij de tijd over te komen?
Ze had verteld wat de band meestal speelde en dat haar buurman best uitblonk met zijn nieuwe sound.
“Waarom zeg je niet gewoon dat hij jou zat op te geilen met dat stomme nummer van oma Tina.”
“Je bent jaloers.”
Toen was dat, ondanks haar geïrriteerdheid, nog wel spannend geweest, maar Mees was het sombere gevoel dat Jeroen had opgeroepen pas kwijtgeraakt toen Rex in een pauze bij haar kwam zitten. Kelly liep kwispelend en snuffelend om hem heen en stak toen haar neus in de zak van zijn spijkerbroek.
“Zoek je iets trutje, wacht ik weet het al!”
Rex viste een doosje uit zijn broekzak en haalde er de oordopjes uit. De hond ging zitten, spitste haar grote oren, en liet met een scheef kopje toe dat haar oren toegestopt werden voor teveel lawaai.
Maar nu vertelt Rex iets wat een heel ander licht werpt op die avond in de kroeg.
Jeroen had het niet door gehad, maar achter zijn rug werd er gegniffeld en met schuine blikken naar Mees gekeken. Je hoorde sommigen denken: ”Je bent jaloers”, waarom zegt ze dat?

Een dikke man met een glas bier in zijn hand, blies sigarettenrook Jeroens kant op alsof hij dacht: Jij hoort hier niet, ik blaas een rookgordijn, misschien verdwijn je dan. Maar toen zei die buitenstander iets dat niet paste bij zijn afgemeten uiterlijk: "Waarom zeg je niet gewoon dat hij jou zat op te geilen met dat nummer van oma Turner."
Moest hij zich een houding geven omdat niemand onder de indruk was van hem?
En Rex zelf had weer gedacht: wat ziet Mees in godsnaam in die vent?
Hij had in het café, wat hij een beetje als zijn kroeg was gaan beschouwen, een plaatsvervangende schaamte gevoeld. En toen hij in de pauze bij Mees was gaan zitten, had hij opgelucht haar schaterlach gehoord. Hij was er Kelly dankbaar voor geweest.

Nu slaat haar buurman een arm om haar heen en zegt: "Zo'n hond kom je maar eens in je leven tegen."
Hij wacht even.
"Ik zou als ik jou was niet te lang wachten met een nieuwe huisgenoot."
Verbaasd denkt Mees dat zij er ook aan gedacht heeft om naar het asiel te gaan, maar ze heeft dat vlug verworpen omdat de gedachte aan de laffe moord het onmogelijk maakte. Ze wordt weer kwaad, maar gesust door Maartje's woorden: "Voorlopig, tot alles is opgehelderd, kom je maar

vaak naar mijn ouders, om te gaan wandelen met die twee lobbesen."
Opgehelderd, onderzocht, opgelost, uitgeplozen, geconfronteerd: hoeveel van dit soort termen heeft ze al gehoord en ze wordt alweer doodsbang.
Wat, als er helemaal niets wordt opgehelderd en ze nooit te weten komt wat er gaande is?
Kan ze blijven functioneren met die voortdurende dreiging op de achtergrond?
Ze moest onlangs nog lachen toen Rex over een privé detective was begonnen, maar is dat wel zo belachelijk?
Mees is het zat om iedere morgen wakker te worden met het gevoel dat er iets niet klopt, en daarna te denken dat dit nog veel te zwak is uitgedrukt.
Ondanks alles wordt de avond een succes. Mees voelt zich geborgen, drinkt teveel wijn en wordt wat vrolijker. Ze denkt: In ieders leven zijn er periodes dat alles misgaat en ik vertrouw erop dat het weer goed komt. Ik ben er van overtuigd dat ik niemand heb benadeeld of gemeen behandeld. Wanneer ik me daar aan kan vasthouden, komt mijn kracht vanzelf terug. Ik heb ondertussen wel geleerd dat de mening van anderen soms kan helpen, maar het is veel belangrijker wat ik van mezelf vindt. Daar kan geen dreigbrief iets aan veranderen!
Toch brengt mama's aanwezigheid ook nadelen met zich mee. Hoe fantastisch het ook is om samen

te zijn met iemand die haar zo goed kent, Mees wordt wel iedere keer geconfronteerd met angstige kanten van haar verleden. En Lucie die haar controlekant kent, wordt nerveus als ze weer eens in herhaling valt.
"Nu ga je als de bliksem de keuken uit, je hebt al drie keer het aanrecht afgeveegd na de afwas."
"Sorry mama, ik ben al weg."

Lucies moeder was als kind met haar ouders naar Indonesië verhuisd. Het heette toen nog Indië en zij had die jaren voor de crisistijd als in een droom geleefd. Haar vader had een kleine theeplantage gekocht en zij was tien jaar toen ze vertrok met de boot en bijna achttien toen ze voor haar gevoel, berooid terugkeerden in haar vaderland. Ze had toen ze kort daarna in Holland trouwde en Lucie kreeg, die tijd nooit kunnen loslaten. Tot grote ergernis van haar ouders, die minachtend over de verloren periode praatten, gedroeg ze zich een beetje Indisch, terwijl ze dat helemaal niet was. Er hingen batikdoeken bij haar aan de muur en een schilderij van groene sawa's met een soort rokende vulkaan op de achtergrond. Ze kon heerlijke rijsttafel maken en brandde wierook als ze in het nauw zat.
Mees vraagt zich af of mama door de verhalen van haar moeder de zuidkust van Spanje heeft uitgezocht, waar veel Indische mensen iets terug proberen te vinden van hun moederland. Er is dus

geen sprake van een druppel Indisch bloed, maar zelfs Lucie die nog nooit in de tropen is geweest, is aangeraakt door dit land.
Mees heeft haar oma nauwelijks gekend, maar ze heeft iets heel bijzonders van haar geërfd; de liefde voor bloemen en planten. Lucie heeft haar ooit verteld dat ze het in Holland maar behelpen vond: in Indië groeiden orchideeën in het wild en de wilde jasmijn was veel groter, Cambodja was de naam.
Zelfs Mees weet nu nog dat angst 'takut'is en dat woord klinkt in die taal duizend keer banger.

Voor anderen is niemand wat hij lijkt te zijn.
Zou Jeroen dit ook gedacht hebben: Mees is niet wat zij lijkt te zijn?
Zij speelt een spel, ze heeft me ingepalmd om er zelf beter van te worden. Ze is belust op macht en gebruikt alle middelen die ze in huis heeft.
Wanneer Mees aan zijn gedrag denkt van de laatste tijd, zou ze dit bijna gaan denken. Het doet zeer dat ze hem vertrouwd heeft en dat ze in het begin achter hem heeft gestaan. Wanneer een collega hem afviel en er zelfs een zei dat hij over lijken ging, nam zij het voor hem op.
" Iemand die leiding heeft moet sterk in zijn schoenen staan."
Ze verdedigde hem vurig en zag de rest soms denken: verliefdheid maakt blind.

Het ligt voor een groot gedeelte ook aan haarzelf dat ze veel niet gezien en gehoord heeft, ze wilde het niet en haar oogkleppen werden steeds groter. Toch waren er ook dagen geweest dat ze zich verzette tegen zijn invloed. Als ze goed werk had geleverd waar haar ziel en zaligheid inzat. Als Jeroen dan op neerbuigende toon zijn commentaar gaf en haar verzocht iets te veranderen, weigerde ze en kreeg steun van enkele collega's. Ze had deze strijd echter nooit zo hoog opgevoerd dat ze er mee naar de algemeen directeur was gestapt, ze kon haar eigen boontjes best doppen.
Op een dag had Mees een opdracht gekregen voor een folder die natuurliefhebbers moest werven voor een nieuw soort wandeltocht. Ze had er met opvallende letters een zin boven gezet: Word lid, en je krijgt de gezonde kick gratis!
Alleen al voor deze zin had ze een tijd moeten praten, terwijl ze wist dat hij goed was. Of misschien was hij niet zo denderend geweest, maar Jeroen had haar mateloos geïrriteerd.
'Je voelt je thuis in een keuken van de Zon', was ouderwets en een 'sprookjesachtige, warme sfeer in de Chrismas Fair', te overdreven.
Maar zij had ontdekt dat veel mensen niet veranderen, ze houden vast en voelen zich veilig bij de leuzen uit hun kindertijd.
Natuurlijk heeft zij ook van die dagen dat het maar niet lukt om een opdracht goed op te starten, dat het ene obstakel het volgende oproept. Dan is het

net of haar hoofd verstopt zit en er geen straaltje licht doorkomt. Maar ze heeft geleerd om zich daar niet al te druk over te maken., want inspiratie kun je niet afdwingen. Mees kan dan bijvoorbeeld een krant openslaan en dan is een woord voldoende om zich weer springlevend in de strijd te gooien. Ze houdt van woorden, zinnen en hele strofen die haar door een geheimzinnige muze zomaar worden aangereikt. Het ene beeld roept het volgende op en ze heeft veel te danken aan een spel van vroeger. Papa was er mee begonnen en Lucie is er mee doorgegaan. Er werd een woord gezegd en dan moest iemand anders reageren. Peter noemde dit het associatiespel, maar Mees had het afgekort met asospel.
"Dat is iets heel anders maar vooruit maar, wat geeft het ook!"
Het leukste was het als er meer vrienden waren die meespeelden, omdat het niveau van de woorden beter werd. Het viel niet mee want je mocht maar een woord zeggen, terwijl je dikwijls een mooier vervolgwoord wist.
Boer, kip, varken, krul, lul, koek…

Papa was vijf kilometer verwijderd van het stadje gevonden en hij was gestorven door een fataal misverstand. Deze keer waren het twee vrouwen die het nieuws kwamen brengen. De agente die eerst niet veel had kunnen zeggen, en een dikke veel spraakzamer maatschappelijk werkster.

Ondanks dat meteen geconstateerd was dat het Peter was die door zijn hoofd was geschoten, moest mama hem officieel identificeren. Daar aan vooraf had Mees niet kunnen begrijpen dat de mollige vrouw met de sprankelende blauwe ogen en haar innemende lach, zo'n weerzinwekkend nieuws kon brengen. En het kwam door haar manier van praten en de stiltes die ze liet vallen, dat Lucie en Mees haar moesten geloven.
Haar ogen leken doffer te worden en haar gezicht vertoonde pijn toen ze voorzichtig, maar met goed gekozen woorden, vertelde wat er gebeurd was. Papa had in het stille park gewandeld met zijn aktetas onder zijn arm. Zeer waarschijnlijk had hij even op een bank gezeten en diepzinnige gedachten gehad over iets wat hij gezien had in de gecultiveerde natuur om zich heen. Dat er tussen de door mensenhanden geplante bomen en struiken en het keurig groot gazon, een splinternieuwe wilde plant de kop op stak die zich niet zou laten uitroeien. Dat laatste van die gedachte had Mees er later bij verzonnen, het verhaal op zich was verre van poëtisch. Peter was dus in het park geweest, toen was hij met de moordenaar meegegaan naar zijn Volkswagenbus en neergeschoten. Het kwam door de bekentenis van die zelfde moordenaar, dat de feiten later haarscherp op tafel kwamen.
Papa had zijn tas niet willen afstaan en was zo luidruchtig aan het redeneren geslagen dat de schoft nerveus was geworden en hem had

neergeschoten. Hij had Peter in de bus geschoven en was weggereden, om hem vijf kilometer verder, een eind van de weg af, te begraven. Hij had nog gewacht tot het donker was.
"Een foute afrekening in het crimineel circuit", werd dit genoemd en daar moesten ze nu mee leren leven. Niet dat de maatschappelijk werkster dit beweerde, maar na een paar maanden waren het wel de geluiden om hen heen.
"Tijd om je leven weer op te pakken,
niet blijven hangen in het verdriet,
geen slachtoffer worden."
Papa zou zoiets nooit gezegd hebben en Mees vond dat ze af en toe het volste recht had om woedend te zijn. De moordenaar zat in de cel en reken er maar op, dat ze hem zou opwachten wanneer hij vrijgelaten werd. Zij moest een heel goed plan bedenken, hoe ze hem te grazen zou nemen. Hij had papa voor iemand anders aangezien maar zij zou deze fout niet maken. Mees had zijn gezicht nog nooit gezien, omdat ze niet bij de rechtszitting aanwezig mocht zijn. Maar ze had tijd zat om de komende jaren te onderzoeken hoe ze het moest aanpakken. In elke gevangenis waren er bezoekuren en hoe moeilijk het ook zou zijn, zij zou de gelegenheid niet voorbij laten gaan om zijn moordenaarsgezicht in haar geheugen te prenten.

De dader was heel snel overmeesterd en met handboeien om afgevoerd. Hij was in de

politieauto gestopt zoals je dat weleens op tv ziet: zijn hoofd werd omlaag geduwd bij het instappen en Mees vroeg zich af waarom. Wat haar betreft had hij zijn kop zo hard mogen stoten, dat hij er de rest van zijn leven een martelende koppijn aan overhield. Hij had immers iemand in koelen bloede vermoord. Dat was niet helemaal waar, want zijn bloed had gekookt van de zenuwen, toen hij het fatale schot loste. In Nederland ga je de gevangenis in maar wat haar betreft was een wrede straf gerechtvaardigd. Want hij had veel meer gedaan. Hij had Lucie en Mees beroofd van het liefste wat ze hadden en hun beiden een levenslang trauma bezorgd.
Wanneer er bij het programma Spoorloos weer eens een vader werd vermist, begon er bij Mees een sirene te loeien, ze zag iemand anders en rook opnieuw gevaar.

Het lag aan de kleur en stemming van de dag, wat ze voor hem in petto had.
Wanneer de zon uitbundig scheen en ze weer met kleine Jim kon spelen, vertelde ze hem verscholen in hun tuin dat ze voor een pistool ging sparen en wanneer hij werd vrijgelaten ze bij de poort zou staan.
"Zodra hij ook maar een stap buiten het ijzeren hek zal zetten, schiet ik hem morsdood."

"Dat zou ik maar niet doen", antwoordde Jim benepen en sloeg wat bijen van zich af die op zijn zoete boterham waren afgekomen.
"Waarom niet sukkel?"
"Omdat je dan kans hebt dat je onmiddellijk gearresteerd wordt en in zijn lege cel wordt gegooid."
"Nietwaar, ik ga dan naar de jeugdgevangenis, waar ze lang niet zo streng zijn."
Maar op de grauwe dagen wanneer ze papa heel erg miste, was Mees meestal minder tolerant.
Ze wilde de man eerst naar zijn huis laten gaan en als hij naar buiten zou komen voor zijn eerste wandeling in vrijheid, was hij aan de beurt. Ze zou achter hem aangaan naar het park en hem onder bedreiging opjagen als een wild dier. Het pistool zou later echt van pas komen, maar eerst moest hij met zijn voeten komen vastzitten in een ijzeren klem. Hij zou spartelend en schreeuwend, kronkelen van de pijn. Machteloos en rillend van ellende moest hij haar smeken hem te bevrijden, maar kon wachten tot het aardedonker was.
En die bevrijding bestond eruit dat ze hem met een goed gericht schot om zeep zou helpen.
Ze wilde niet eens de moeite doen om hem daar te begraven.
Er was niets troebels aan dit soort fantasieën, integendeel: glashelder en gedetailleerd schoven de beelden voorbij en maakten haar alleen doodmoe.
De laatste optie was in feite de beste, want

eigenlijk was Mees doodsbenauwd dat ze de gevangenis in moest. Als de moordenaar van Peter dood gevonden werd, zouden de kranten met grote koppen melden: Een afrekening in het criminele circuit!
En niemand dacht ook maar een moment aan haar. Alleen Kleine Jim misschien, maar hij zou haar nooit bij de politie aangeven. Verstikkende woede, snelgroeiende haat, dreunende wraakgevoelens, konden er echter niet voor zorgen dat Mees na verloop van tijd iets minder aan Peter moest denken.
Hij was er iedere dag en ze kwam verbaasd tot de conclusie dat ze, toen hij nog leefde, veel minder met hem bezig was. Ze had toen niet gezien hoe mooi hij was; een glanzende ridder, weliswaar zonder harnas en schild maar voorzien van alles wat een mens de moeite waard maakte. Dat gevoel was al begonnen toen mama Lucie en zijzelf naar hem zochten en vergeefs op hem wachtten. En steeds kwam het idee terug dat je niet dood kon zijn, als er zo intens aan je gedacht werd. En wie moest haar nu de wezenlijke dingen leren met betrekking tot de levensverschijnselen?

De oude houten boot glijdt door het water en Mees kijkt naar Maartje die met haar voeten stevig op de bodem, kalm zit te roeien. Ze draagt een dik jack en heeft een wollen muts over haar oren getrokken. Ze is het perfecte plaatje van volmaakt rustige

overgave onder een strakblauwe hemel en het afgestorven riet. Het is lang geleden dat ze samen in de platbodem van Maartje's familie op stap zijn geweest.
'Het is te lang geleden en te stil', denkt Mees. Maartje bedoelt het goed maar zij mist de honden die eerder altijd meegingen. De ene zwarte labrador lag dan rustig te doezelen, terwijl de ander de omgeving in de gaten hield. Kelly kon nooit mee, want los sprong ze meteen in het water om de watervogels op te jagen. En wanneer ze aangelijnd zat, werden ze stapelgek van haar gedraai en gepiep.
"Zullen we aanleggen?" vraagt Maartje, " het was niet zo'n goed idee om te gaan roeien in dit weer." Ze wacht het antwoord van Mees niet af, ze stopt en kijkt naar het stuk oever waar ze vaker zijn geweest. Mees aarzelt, omdat ze weet dat alles veranderd is. Het is nu onmogelijk om naast haar vriendin te liggen of zitten en steentjes in het water te gooien. Ze kan natuurlijk wel door het zompige grasland gaan dwalen tussen de dooie pollen door, maar daar is het te koud voor. En niet alleen te koud, haar rust is weg en daar kan zelfs een tocht over het water niets aan veranderen. Het is weer echt iets voor Maartje om midden in de winter zoiets te bedenken en ze heeft er waarschijnlijk niet bij stil gestaan, dat het nu veel minder aantrekkelijk is. Geen moerasplanten, geen wuivend riet en minder zoemende insecten. Andere

geuren, andere geluiden en dikke jassen aan. En zeer waarschijnlijk is het zelfs verboden om deze tocht te maken.
Mees gaat zo vlug rechtop zitten dat het houten bankje kraakt en de boot wild schommelt.
"Wat ben ik toch een zeur aan het worden', zegt ze hardop en haar vriendin kijkt haar verbaasd aan. Zij heeft natuurlijk haar tobberige gedachten niet meegekregen, en dat is ook maar goed ook. Even krijgt Mees de neiging om toe te geven om met z'n tweeën een tocht te maken op de oever. Maar ze besluit om eerlijk te zijn.
"Sorry Maartje, ik voel me knap ellendig en koud, zullen we teruggaan?"
"Ik moet sorry zeggen omdat ik je heb meegesleurd naar dit troosteloos gebied. Ik doe ook vaak maar wat."
Maar omkeren en terugroeien is gemakkelijker gezegd dan gedaan. De sloot waarin ze terecht zijn gekomen is bijna te smal om te bevaren en keren vergt een hoop gewroet, gestuntel en geplons. Maar dan komt Mees in beweging, pakt een roeispaan en help Maartje verbeten om in open water terug te komen. Ze krijgt het er warm van en Maartje moet lachen om haar getier.
"Dit leert me af om niet zo sikkeneurig te zijn. Een Notenboom is niet voor een gat te vangen!"
"Klopt die uitdrukking wel? We zitten gewoon vast in het water en spat niet zo."

"In de bagger zal je bedoelen, pas jij maar op dat je er niet invalt."
Zo gaat het nog een tijd door, maar uiteindelijk raken ze los en varen bespat met modder, maar verder een stuk lichter, terug.
"Weet je Maar, we gaan hier in de zomer weer zwemmen en dan heb ik in het asiel een hond uitgezocht die niet van zwemmen houdt. Die ligt dan tevreden in de boot te wachten tot we uitgespetterd zijn."
"Zo ken ik je weer, Mees Notenboom!"

Mees haar beschouwingen over het drama begonnen meestal op een doodgewone, en beetje onnozele manier. Zeer waarschijnlijk was papa niet bang geweest, maar enkel stomverbaasd.
Wat moest die vent met zijn aktetas die hij in een ondoordacht moment had meegenomen?
Peter was wel vaker verstrooid geweest en in het park had hij misschien gedacht: die aktetas is een verlengstuk van mezelf aan het worden, en toch ben ik niet op de eerste plaats onderwijzer. Ik ben Lucies man en de vader van Mees. Om vis te halen was het handiger geweest de plastic tas met dolfijnen erop mee te nemen, want dat was een soort koeltas.
De man die in het begin nog een gewone voorbijganger was geweest, had Peter in de gaten gehouden en hem geen moment uit het oog verloren. Dat viel natuurlijk op en toen hij papa

aansprak, had deze het dan ook verwacht. Wel was het vreemd dat hij zo zenuwachtig was en zwaarder ademde dan normaal. Maar papa was geen wantrouwend iemand en hij wachtte op wat de man te zeggen had, want dat hij iets van hem wilde was wel duidelijk.
Op dit punt aangekomen raakte Mees meestal in de war. Waarom was Peter meegegaan naar die vervloekte Volkswagenbus en wat was er toen besproken?
Want de moordenaar had verklaard dat hij haar vader voor iemand anders had aangezien. Voor wie dan wel?
Hij had stront in zijn ogen gehad, omdat hij niet gezien had dat papa geen drugsfiguur was. Waarop ze dat baseerde wist Mees niet, maar ze zocht nog steeds naar een verklaring van dit krankzinnig misverstand. Ook kon ze nog altijd niet begrijpen dat papa was meegegaan naar de bus en waar hij daar zo druk over had staan praten. Ze piekerde en piekerde en dat was een manier om de werkelijke misdaad uit te stellen. Want het moment van de verkeerde afrekening werd in haar gedachten steeds uitgesteld, totdat ze er wel naar moest kijken. Haar naïeve, in dit geval domme vader was neergeschoten. Hij had zijn aandacht voor de man met de dood moeten bekopen.
Het schot was goed gericht en fataal geweest en papa stierf geen langzame, vreselijke dood.

Wat had hij gevoeld, gedacht, gehoord en gezien in zijn laatste minuten?
Was hij meteen gevallen, of had hij nog staan wankelen en naar zijn borst gegrepen?
En al was het snel gegaan, er zal een steekvlam van pijn door hem heen zijn gegaan.
Mama die hem nog gezien had, zei dat zijn gezicht erg vredig was maar Mees kon zich daar niets bij voorstellen. Want hoe kun je er vredig uitzien als de laatste momenten van je leven zo angstaanjagend zijn geweest (het begraven van zijn lijk had Mees niet kunnen toelaten). Toch hinderde mama's gezegde haar niet omdat ze wel begreep dat Lucie had gezien wat ze wilde zien en dat haar bange hart het zo beter aankon.
Met Lucie kon ze er sowieso niet over praten, omdat het steeds over andere dingen ging. Zij vond dat ze tekort was geschoten omdat ze al na een uur naar het park had moeten gaan. Geen mens kon haar dat uit haar hoofd praten en Mees zat in het dilemma of ze haar gelijk moest geven of tegenspreken. Lucie voelde zich schuldig en hoe lang zou het duren voordat zij zichzelf vergeven kon?

Het duurde vele jaren voordat ze weer vooruit kon gaan, ze kroop uit de spreekwoordelijke cocon die haar het zicht op het leven bemoeilijkt had.
Mama Lucie had steeds gezegd dat ze laat in de pubertijd zat en haar lichaam en geest

protesteerden tegen de veranderingen. Dat was lekker simpel, maar het had bij haar wel erg lang geduurd. Het tobben, de benauwdheid, weemoed en verlangen naar de verloren zon verdwenen, en heel langzaam werd haar levensangst minder.
Ze kon soms naakt voor de spiegel staan en zichzelf met verbazing bekijken. Ze trok met beide handen haar toen nog lange blonde haar uit haar gezicht, en bestudeerde haar kaaklijn. Ik lijk op papa, dacht ze dan maar verwierp dat meteen. Peter was donker en zijzelf honingblond. En dan dacht ze weer verder aan hem: wat zou hij van haar lichaam vinden en dat hij nu moeite zou hebben om haar op te tillen.
Ze studeerde in die tijd Nederlands en dat zou hij fantastisch hebben gevonden. Hij had zelf deze studie niet afgemaakt en was in het basisonderwijs terecht gekomen. Maar lezen bleef zijn grote passie en hij zal hiermee ongetwijfeld veel kinderen gestimuleerd hebben. Vaak herinnert Mees zich nog dat Peter op een keer opstellen zat na te kijken thuis. Hij lachte opeens hardop en zei: "Het onderwerp was toch te hoog gegrepen, ik had beter een titel kunnen opgeven als: Op stap in de paasvakantie."
Het was de universiteit in Leiden geworden en ze had zich vol overgave in colleges, werkgroepen en tentamens gestort. Ze kwam tot de ontdekking dat ze goed was in debatteren en steeds verder doordrong in de geschiedenis van de taal. Haar

eindwerkstuk ging over de brieven van Hadewijch en ze had het zich niet gemakkelijk gemaakt in haar keuze voor deze Middeleeuwse, heilige, glorieuze vrouw (een heijlich, glorieus wijf).
Om te beginnen kon ze moeilijk kiezen en had het gevoel dat een gedeelte van haar dwangmatig gedrag werd opgelost, toen het Hadewijchs brieven werden die ze prefereerde boven haar liederen, mengeldichten of visioenen. Want ze kreeg het gevoel dat sommige brieven aan haar persoonlijk waren gericht en dat kwam niet alleen door een aanhef als: God si met u, herteleke lieve (God zij met jou, mijn hartelief).
Het was een wonder en het ontroerde haar dat na zoveel eeuwen een voor velen onbekende vrouw, haar troosten kon. Ze schreef haar terug en deelde dit met niemand, zelfs niet met Lucie. Ze stelde zich voor dat Hadewijch haar schrijfpapier zou betasten, bekijken en er aan ruiken, en haar handschrift zou analyseren. Schreef zij op geschept papier en doopte ze een geslepen ganzenveer in de inkt?
Wist zij toen in die duistere en soms verheven tijd, dat er eeuwen later een vrouw haar brieven en ander werk zou lezen? Dat dezelfde vrouw tot inzichten kwam die zo actueel waren als wat?
Want Mees was opgelucht geweest toen ze las dat wanneer je een vaste levensregel aanhoudt, je in staat bent om je te bekommeren om heel veel dingen waarin je vrij kan zijn en dat fouten maken

van levensbelang is om tot het juiste inzicht te komen.
Want fouten had zij genoeg gemaakt en toen ze dat deed niet geweten waarom.
Alles werd in die dagen lichter, dus ook het denken aan haar verdwenen vader. De woede, angst en zelfs de eenzaamheid slonken tot de juiste proporties en maakten plaats voor blijheid en nieuwsgierigheid. Hoe zou het zijn bijvoorbeeld wanneer zij hem plotseling kon ontmoeten, zou hij haar herkennen als zijn eniggeboren dochter?
Op een avond zou ze de stad ingaan en zoals zo vaak genieten van de Leidse sfeer. En in plaats dat hij voorgoed verdwenen was, stond ze opeens oog in oog met hem onder een lantaarn die zijn donkere haar en onveranderde gezicht bescheen.
"Hallo Mees, wat doe jij in leiden?"
"Ik studeer hier pap."
Ze had altijd gedacht dat ze in zo'n situatie van ontroering haar stem zou verliezen, maar dat was dus niet het geval.

Omdat ze zichzelf net als Peter op het onderwijs had gericht, wist Mees al gauw dat ze hier niet geschikt voor was. Ze had er het geduld niet voor en besloot door te leren. Ze koos voor de opleiding grafische vormgeving en moest erg wennen aan de manier van lesgeven. Er werd veel aandacht besteed aan het eigen initiatief en dat beviel haar wel. Ze was nog geen drie jaar bezig met de vakken illustrator en photoshop door te spitten, toen ze een aanbod kreeg van een reclamebureau voor een contract van een jaar. Mees liep er stage en had een praktijkopdracht gekregen hoe ze het werk in zo'n bureau zag. Ze moest daarvoor met veel mensen praten en wist al gauw dat dit bureau niet had waar ze naar op zoek was. De naam om te beginnen 'De grote klap' vond ze al helemaal niets en de commentaren die ze gaf werden weggewuifd met de woorden: "Als beginner heb je nog veel te leren."

Dat was ook wel zo, maar waarom werd haar dan toch die job aangeboden?

De personeelsmedewerker draaide een tijd om het antwoord heen, maar zei toen dat haar brochure voor een reisbureau heel enthousiast ontvangen was. Hoewel ze erg getwijfeld had en het even dom had gevonden, besloot ze toch om haar opleiding af te maken. Haar portfolio werd steeds dikker, haar eindwerkstuk werd goed gekeurd en ze nam tenslotte tevreden haar diploma in ontvangst. Door haar ervaring bij de 'Grote klap' wist ze dat ze dit werk heel leuk vond en zich erin kon ontplooien. Ze kreeg de kans om creatief bezig te zijn en voor haar was dat doelgericht en hard werkend haar fantasie gebruiken. Ze ging solliciteren en schreef soortgelijke zinnen in haar introductiebrief. Ze werd echter afgewezen, maar liet het er niet bij zitten. Ze schreef nog een brief en was niet eens verbaasd dat ze uitgenodigd werd voor een

gesprek. Ze werd daarna aangenomen. Het bureau in de oude kaarsenfabriek had geen speciale naam; het was gewoon 'Het reclamebureau'.
In de tweede brief had ze een andere toon aangeslagen en had daarbij aan John Irving gedacht. Ze had tijdens haar studie Nederlands een exclusieve smaak ontwikkeld en veel klassieken gelezen. Maar John Irving had een plaats in haar hart veroverd omdat hij zo eerlijk en vol fantasie kon schrijven. Hij heeft ooit gezegd dat zijn grootste drijfveer het schrijven is en wanneer hij niet schrijft, hij zich grenzeloos verveelt.
Mees voelde dat ze deze baan koste wat kost wilde hebben, dat haar leven zinloos werd als ze hem niet kreeg. Dus besloot ze open kaart te spelen en zonder veel hoogdravende woorden deze nood aan de man te brengen. Het had geholpen en was het fundament van het gesprek geweest.
Ze had de baan en hoewel ze in feite nog beginnen moest met het echte werk, was ze in jubelstemming. Ze had het gevoel dat ze eindelijk had afgerekend met haar afhankelijkheid van Peter en dat hij voortaan geen toeschouwer meer zou zijn. De ideeën zouden haar ideeën worden en het gevoel dat ze zijn wijsheid nodig had, raakte steeds meer op de achtergrond. Ze wilde gaan werken voor zichzelf, en hij keek niet meer over haar schouder mee.
Er zijn van die momenten in je leven die je nooit vergeet en een ervan is voor Mees de avond dat ze

achterop Maartje's fiets naar het café ging om feest te vieren ter ere van haar eerste baan.

Een paar dagen later in de personeelsvergadering is Jeroen er niet bij. Hij is verhinderd wegens familieomstandigheden en Mees vraagt zich af of dit wel de waarheid is (hij had immers met zijn familie gebroken).
Zij is toch verslagen en moe wanneer ze hoort dat hij verdwijnt en er een nieuwe operationeel director komt.
Hierover zijn nog onderhandelingen gaande en na afloop van de meeting gonst het van geruchten. Ze doet er niet aan mee en gaat naar haar kamer. Plotseling is ze niet alleen uitgeput maar doodsbang. Al de moed, die toch weer was teruggekomen na de avond met haar dierbaren, verdwijnt als sneeuw voor de zon. Hoe zal Jeroen het opvatten? Hij is natuurlijk allang op de hoogte gebracht en zint op wraak. Mees gaat vlug zitten, omdat alles begint te draaien en de muren op haar afkomen. Ze ziet door het raam kijkend dat het al donker begint te worden. De buitenverlichting en kerstversieringen zorgen voor een bizar decor, in haar ogen niet feestelijk maar bedreigend.
Ze kijkt naar een grote Kerstman aan de gevel van het gebouw tegenover haar, en ziet dat zijn ogen knipperen. Aan en uit gaat het felle licht, aan en uit, aan en uit…Het lijkt alsof hij haar spottend aankijkt en haar hart slaat een slag over. Ze moet

naar huis, mamma Lucie is alleen en dat is verkeerd. En ze heeft gelijk, want het is niet alleen verkeerd maar rampzalig wat er in het appartement gebeurt.
Mees weet niet hoe ze het heeft klaargespeeld om in haar auto naar huis te rijden, maar ze staat twintig minuten later toch echt voor haar deur. Maar voordat ze naar binnen gaat ziet ze een vrouw wegrennen en tussen de geparkeerde auto's door laveren. Het is Agnes Laroux die achter een vrachtwagen uit het zicht verdwijnt.
Mees rent naar boven omdat ze te zenuwachtig is voor de lift, en ze opent de voordeur. Even is ze opgelucht omdat ze verwelkomt wordt door keiharde muziek, mamma heeft de enthousiaste neiging de radio op volle kracht te zetten als ze iets mooi vindt. Een zware mannenstem zingt Silent Night, Holy Night, en zij zal dit lied voor de rest van haar leven gaan haten. De keukendeur staat open en mamma ligt voorover op de vloer. Overal is bloed en ze is een kort moment verbaasd dat het uit een wond uit haar achterhoofd stroomt. Dan is er alleen verbijsterde ontzetting, want ook haar voorhoofd bloedt.
Zij is niet zomaar gestruikeld en gevallen, ze is bruut aangevallen!
Mees schreeuwt geluidloos, er komt alleen een stoot lucht via haar longen uit haar keel. Ze knielt naast Lucie en zoekt haar hand die nog even warm is als altijd, ook al is ze nat en plakkerig. Mees

durft haar gezicht niet om te draaien. Ze kan dan wel geen geluid meer produceren, ze weet opeens glashelder wat ze moet doen: Haar moeder vooral niet verplaatsen, haar hoofd niet optillen en zelfs van de rest van haar lichaam afblijven. Het kost haar moeite, want ze zou het liefst al dat bloed wegwassen en mamma rechtop zetten. Ze staat op en pakt haar mobiel uit haar tas, die onmiddellijk rood bevlekt wordt. Ze is verbaasd dat het haar feilloos lukt het alarmnummer te draaien, voordat hij uit haar hand op de grond valt.
"Mijn God, help me," haar stem is weer terug, ze bukt zich en klemt de telefoon tegen haar oor. Nooit eerder in haar leven is Mees zo blij geweest met een telefoonstem. Ze geeft eerst het adres door, wacht een seconde en snikt dan: "Haast u, mijn moeder is aangevallen en zwaar gewond."
Al met al duurt het nog twintig minuten voordat de ambulance met gierend geluid de straat inrijdt. Voor haar zijn het de langste minuten van haar leven. Ze kan alleen maar steeds mama zeggen, om zo haar moeder bij zich te houden, want Lucie leeft nog onder de deken die Mees over haar heen heeft gelegd. Voordat zij dat deed, heeft ze met een paar schone washandjes tegen de wond, de bloedstroom op haar achterhoofd gestopt. Meer kan ze niet doen en wanneer het ambulancepersoneel zich over Lucie ontfermt, weet ze dat ze heeft meegeholpen om haar leven te redden. Ze zit dan ook bevend van ellende en een kort moment trots, omdat de

verpleger zegt dat ze prima gehandeld heeft, naast Lucie die in een zijligging is gelegd. Er wordt van alles met haar gedaan, maar het enige wat Mees volledig begrijpt is dat ze onmiddellijk zuurstof krijgt toegediend. Haar bewustzijn is een hele tijd wazig en leeft weer op als ze zich opeens naast Lucie bevindt op de intensive care afdeling. Het geluid van piepende machines, een soort aanhoudend dof getik en het in en uitgaan van personeel, maakt haar ongerust. Een krankzinnige gedachte komt bij haar op: Hier komt mamma nooit tot rust! Maar vlak daarna weet ze dat Lucie in een veel diepere staat van rust is, ze ligt in coma. Wanneer heeft de donkere zuster haar dat verteld? En hoe kan ze dat nu zo vlug weten? Dan blijkt dat ze al uren in het ziekenhuis is en zelfs al even heeft geslapen. Zij ligt op een soort laag veldbed en ziet Rex die doodstil naast haar staat. Ze denkt: ik wist niet dat hij zo lang was, en dan: Waar ben ik? Maar als ze opstaat en hij haar vast in zijn armen klemt, raakt ze volledig in paniek. De gruwelijke avond komt volledig terug en dat Rex haar zo stevig vasthoudt is een slecht teken. Ze stamelt en haar tanden klapperen op elkaar van de kou: “Is mamma dood?”
“Nee schat nee, ze slaapt.”

En mamma slaapt zo vast, dat ze totaal van de wereld is en de doktoren voor haar leven vrezen. Ze is van achteren aangevallen, een scherp

voorwerp heeft een gedeelte van haar hersenen beschadigd. De wond in haar voorhoofd is daarbij vergeleken onschuldig, maar heeft er wel voor gezorgd dat er een donkere plek vanonder het verband zich uitstrekt tot haar slapen. Als Mees naar het verder wasbleke gezicht kijkt, moet ze steeds aan een donkere wolk denken waarachter mamma zich verstopt. Ze moet met haar blijven praten, want wanneer die wolk is opgetrokken zal Lucie haar ogen openen en weer beter worden.
Mees woont in het ziekenhuis en de verpleegkundigen hebben er een patiënt bij, die ze moeten dwingen om te eten en af en toe te slapen. Ze is constant bang.
Als ze slaapt kan mamma verdwijnen en het eten maakt haar misselijk. Ze zorgt fanatiek voor Lucie: spreekt haar moed in, bevochtigt haar lippen en bet haar voorhoofd met een zakdoek die naar lavendel ruikt.

Mees rookt weer. Ze had deze smerige gewoonte al lang losgelaten maar nu zoekt ze van alle kanten troost. Ze kan zo ook even ontsnappen aan de broeierige warmte en iets anders op haar netvlies krijgen als Lucies stille gezicht. Er is een soort buitenkamertje, zoiets als de serre vroeger bij haar thuis, maar zonder glas. Daar zit ze naast een zwijgzame, zo te zien stokdode man, en inhaleert diep. De vloer van het hok begint te draaien en ze ziet bewegende sterren in een witte rook. De man rookt niet maar als alles weer stilstaat duwt ze de net aangestoken filtersigaret in een zandasbak en ziet dat hij toch naar haar kan kijken. Hij zegt niets en daar is Mees hem dankbaar voor.

Nu wordt ze onrustig en met een knikje naar de oude, staat ze op en loopt het ziekenhuis weer in. Ze moet oppassen dat ze op weg naar Lucie niet opnieuw gaat tellen, want als ze soms de tel kwijt is, staat ze even stil. Dat kan niet want ze heeft geen tijd te verliezen. Even niet oplettend en mama kan haar zo maar ontglippen. Haar grootvaders sterfbed komt voorbij en ze zucht opgelucht. Ze weet zeker dat Lucie nooit zo maar zonder afscheid te nemen, zou vertrekken.

In mama's kamer is er niets veranderd: de schaduwen op de muur, de moedeloze warmte en de ziekenhuisgeur willen van geen wijken weten.

Willen van geen wijken weten,

willen van geen wijken weten.

Hou op Mees, straks zoek je nog meer woorden met een W.

Ze schuifelt naar haar moeder en ziet dat ook zij mee doet met deze onveranderlijkheid. Ze kust haar voorzichtig onder de wolk en strijkt even zachtjes over haar haren. Het is iedere keer weer een geruststelling als ze door de zachte krullen, de warmte van haar schedelhuid voelt. Haar gevoel verandert echter wanneer ze haar handen beroert. Iedere keer groeit haar radeloosheid over de totale afwezigheid van kracht. Ze verlangt ernaar dat

Lucie haar opeens flink zal knijpen, omdat ze dit hele gedoe zat is.
Wat gaat er echt om in haar versufte hoofd, hoort ze stemmen en vooral haar stem?
Mees hoopt dat ze niet haar eigen woorden terugkrijgt, die ze wanhopig sprak op de dag dat papa was gevonden: "Nee Peter, laat ons niet alleen alsjeblieft."
Luistert Lucie stiekem naar muziek?
Het Requiem van Mozart is haar favoriete stuk, maar dat zal ze nu wel vlug doorschuiven. Bovendien is een symfonieorkest nu nog een beetje teveel van het goede. Een paar instrumenten, waaronder zeker een gitaar, mogen tedere, huppelende en vooral opwekkende tonen spelen.
Droomt ze ook, of wordt haar dat in deze toestand bespaard?
Want Lucie kon vroeger flinke nachtmerries hebben en die spookbeelden waren dan meestal van voor de tijd dat papa werd vermoord.
Wervelen haar gedachten nog rond of is het meestal binnen in haar als in een stille vijver, waar rot blad op de bodem is gezakt. Komt daar het woord onderbewustzijn vandaan?

Bij de herinnering aan mama's angstdromen komen de spaarzame verhalen over haar jeugd terug. Het waren niet eens verhalen, want Lucie sprak in korte gebroken zinnen over een tijd die ze liever wilde vergeten. Haar ouders vochten als kat en hond en konden elkaar toch niet missen. Zij zat daar als enig kind tussenin en probeerde constant de boel te lijmen. Mees begrijpt niet waarom Lucie zich zo grenzeloos schaamde over het wangedrag van die twee. Misschien zit dat zo: hoe meer liefde, hoe meer schaamte!

En het lag er duimendik boven op dat zij later krampachtig probeerde om het anders te doen.

Zij zweeg en liep weg als Peter het niet eens was met haar. En ze werd vuurrood van ingehouden spanning toen ze papa terecht wees. Hij ging tekeer tegen opa en mama moest al haar moed verzamelen om te zeggen: "Zo praat je niet tegen je vader."

Mees vraagt zich nu af wat haar familie verbindt met de dood. Het lijkt wel alsof ze een abonnement heeft op een kort bestaan. Of haar familieleden gedoemd zijn de doodse stilte op te zoeken. Ze leven nog bij de gratie van een onbekende God, die het niet zo nauw neemt met rechtvaardigheid.

Lucie leefde en leeft hopelijk nog met de enorme wil om van iedere dag iets moois te maken. Ze haalt uit iedere seconde zoveel mogelijk profijt. Zij vertrekt naar zuid-Spanje als ze het koud heeft en stuurt die warmte dan uiterst gul door naar haar dochter. Lucie weigert te versuffen en ziet er jaren jonger uit.

Ze mist papa hevig maar ze was de eerste die na zijn dood zei dat ze zo gelukkig werd van de gedachte aan hun samenzijn.

"Dat neemt niemand me meer af."

Bij iemand anders klinkt zo'n zin vaak truttig maar zij meent wat ze zegt en daardoor krijgen die woorden een schitterende metamorfose. Ze kon als kind niet kiezen maar daar heeft ze definitief een eind aan gemaakt toen ze op zichzelf ging wonen. Als ze problemen had vroeg ze niemand om raad en al helemaal haar ouders niet. Toen ze weer eens thuiskwam en in een daverende scene terecht kwam, vertrok ze en liet het stel links liggen. Ze besloot hun pas te bezoeken, wanneer ze uitgenodigd werd. En toen sloeg het grootste onrecht toe.
Haar ouders nodigde haar niet uit maar besloten naar haar toe te gaan om de grote verzoening te vieren.
Ze kozen er een slechte dag voor uit want aan het eind van een laffe winter, begon het plotseling te vriezen. Het ijzelde en de auto raakte in een slip op een rotonde. Ze schoven door, sloegen over de kop en Mees haar onbekende oma stierf ter plekke. Lucies vader lag nog twee dagen te vechten voor zijn leven, maar redde het ook niet. Mama, die dit gevecht had gezien kreeg veel respect voor hem. Later, veel later was ze blij met dat gevoel omdat ze tijdens zijn leven weinig respect gevoeld had.

En de tijd ging daarna gewoon verder, alsof Lucie niet verscheurd was en verlamd door onbegrepen pijn. Ze wist alleen dat ze haar ouders maanden niet had bezocht en vroeg zich af waarom. Had ze

hun duidelijk willen maken dat zij wilde dat ze zich eindelijk eens normaal gedroegen en een harmonieus nest moesten bouwen voor haar. Hier had ze met Mees een echt gesprek over proberen te voeren en haar dochter probeerde het te begrijpen. Dat was niet zo gemakkelijk geweest want haar eigen nest was, toen haar beide ouders nog leefden, veilig en met dons gevuld en onvoorwaardelijke aandacht.
Ze kijkt naar mama en voelt wroeging dat ze toen niet in staat is geweest dat gapende eenzame gat te vullen. Mama is comateus en opeens voelt Mees dat het nog niet te laat is. Ze schuift een stoel heel dicht bij haar bed en zegt: "Lieve mama wanneer je me hoort, moet je nu heel goed luisteren. Ik ben er van overtuigd dat je heel goed je best hebt gedaan en dat jouw ouders dat ook weten. Zij waren van plan om je te bezoeken en dat is grandioos mislukt, maar dat wil niet zeggen dat jij die twee kemphanen alsnog kunt opzoeken. Trek ze er maar allebei met de haren bij en vertel wat ze je hebben aangedaan. En daarna kan je ze misschien vergeven.
Het woord zegt het al: ver-geven. Al zijn ze voor jouw gevoel onbereikbaar, voor verzoening zijn ze noot te ver en is het niet te laat."
Op dat moment, alsof er een slot wordt afgedwongen voor haar betoog, komt er een verpleegster binnen. Mees voelt zich verdrietig en twijfelt of haar woorden mama bereikt hebben en

nut hebben gehad. Ze kijkt naar Lucies onbewogen gezicht en staat op.
"Mijn moeder is als kind vaak diep ongelukkig geweest, zal ze het ondanks dat toch redden?"
Die vraag was niet eens zozeer voor de verzorgende jonge vrouw bedoeld, maar ze geeft toch antwoord.
"Ik denk van wel Mees."

Ze heeft met een korte blik in een van de kamers iets gezien, dat haar met verlangen en een soort weemoed vult. De oude man die er ligt heeft ze wel vaker gezien, omdat hij er niet tegen kan dat de deur dicht is. Hij ligt altijd op zijn rug, heeft zelden de ogen gesloten alsof hij bang is dat hem iets ontgaat. Maar vandaag heeft hij bezoek en ligt met een schoon wit overhemd en gekamde haren druk te praten en gebaren. Er zijn vast stoelen bijgehaald want het is druk. Drie vrouwen en een jonge man vergezellen zo te zien hun moeder die de enige is die zwijgt, vol liefde kijkt ze van de een naar de ander. Het ziet er ondanks de drukte zo harmonieus uit dat Mees volschiet. Ze loopt vlug door, voordat iemand zich kan omdraaien en beschimpt zichzelf:
"Stel je niet aan. Ik moet er niet aan denken om zo'n grote familie te hebben."

Rex komt iedere dag en hij is degene die haar dwingt om aan zichzelf te denken, hij is haar verbinding met de buitenwereld. Hij praat veel met

haar en hoort dat zij Agnes Laroux heeft zien wegvluchten. Hij gaat onmiddellijk de politie inlichten, en wanneer ze haar willen aanhouden, blijkt dat de vrouw spoorloos is. Er komt een grote zoekactie op gang en haar foto wordt op internet en tv. verspreid. Donkers belt haar en vraagt of hij kan komen. Hij verzekert haar meteen dat hij Lucie met rust zal laten, maar ze weigert. Hij houdt echter vol en zijn stem klinkt zo betrokken, dat Mees de verbinding niet verbreekt.
"Sorry Mees, maar ik moet met je praten."
"Waarover?"
"Over Agnes Laroux. Ik weet dat het moeilijk voor je is, maar alle feiten zijn belangrijk."
Mees drukt de mobiel vaster tegen haar oor en zegt afwezig: "Het is niet moeilijk." Maar als de agent komt en haar meeneemt naar het restaurant van het ziekenhuis is het opeens heel moeilijk. Zij begint te beven door een emotie die ze niet begrijpt. Ze wordt bang, maar voelt een totaal andere angst dan haar bezorgdheid voor Lucie.
"Ik wil er niet meer over praten."
"Waarom niet Mees?"
"Omdat ze me heeft geschreven dat zij nog lang niet klaar is met me. Ik smeek je om haar vlug te vinden en op te sluiten."
Donkers buigt zich voorover, grijpt haar hand en laat niet los wanneer ze zich wil loswringen.
"Je hoeft mij alleen maar te vertellen wat je precies gezien hebt voordat je Lucie hebt gevonden."

En net als bij Rex kost het haar enorm veel moeite om zich te concentreren en haar verhaal te vertellen. Zodra Donkers verdwenen is, vergeet ze hem compleet en heeft weer alleen aandacht voor Lucie. Ze beseft dat ze niet meer verder wil leven, als haar moeder zou sterven.
Toch weet ze meteen dat dit onzin is, Lucie heeft haar niet zo opgevoed. En niet alleen zij maar Peter die zoveel levensvreugde had, zou het haar nooit vergeven als ze het opgaf. Als ze zal toegeven aan haar zwakte, is alles waardeloos geweest. Nu ze bijna alles verloren heeft wat haar dierbaar is, voelt ze zich in eerste instantie doodsbang, maar daar onder sluimert een razernij die een uitweg zoekt. Omdat ze deze woede nu niet uiten kan, geeft ze zich over aan wanhoop. Ze huilt en het is de eerste keer na het ongeluk dat ze er aan toegeeft. Mama mag best weten dat ze radeloos is.
Wat moet er van mij worden?
Wie kan mij in de toekomst raad geven?
Met wie kan ik lachen om niets?
Wie troost mij?
En luistert naar mijn gezeur?
Al deze vragen roepen een verlangen op dat zo groot is dat het pijn doet. Haar leven stroomt als water door haar vingers en ze weet dat al haar leren en werken niets meer voorstelt. Wat heeft ze aan een verzekerde toekomst, een topfunctie, als ze dit niet kan delen met Lucie?

Mees kan niet stoppen met huilen, maar opeens tussen snot en vocht op het dekbed, lijkt ze een antwoord te krijgen. Er wordt haar nu een vraag gesteld, waar ze eerst niet aanwil: Waarom geef je zo vlug op?
Ze wast haar gezicht met ijskoud water en schaamt zich. Ze heeft zojuist gehuild en gejammerd alsof Lucie net als Peter verdwenen is, en dat is niet zo. Zij zal het niet toelaten dat ze verdwijnt. Ze heeft haar egoïstische vragen gesteld maar nu verschijnt er iets heel anders: Lucie die haar plaats weer inneemt met het gemak van iemand die tegenslagen gewend is. Daarom voelt iedereen zich bij haar op zijn gemak. Ze staalt kracht uit en Mees is trots op haar.
Ik geef niet op mama!

Ze praat met haar en zingt soms kinderliedjes. Mees is de enige die niet in de gaten heeft dat ze voortdurend over het verleden praat. En ze gaat nog verder terug dan Lucies ziekte en haar genezing. Mees is weer kind en ze vraagt haar moeder steeds of zij nog weet hoeveel plezier ze samen hebben gehad. Samen spelen, zwemmen, hardlopen, schaatsen; als er maar beweging inzit. Want Lucie beweegt nauwelijks, en zelfs de wimpers op haar bleke wangen zijn roerloos, alsof ze vastgeplakt zijn. Mees droomt vaak dat zij ze opslaat en mamma's ogen haar verbaasd aankijken.

De enige beweging die zij zelf krijgt is haar gang naar de douche en het toilet. Ze telt al lopend de tegels op de lange gangvloer, en wanneer haar handen beginnen te trillen stopt zij ze diep in de zakken van haar jasje. Alleen Rex mag haar aanraken en vaak kruipt ze wanhopig in zijn armen.

Zij weet dat het moment dat ze mama vond, nog vaak terug zal komen in haar dromen, iedere keer zal ze dan kletsnat wakker worden en Lucie zal eindelijk haar zin krijgen. Mees zal nachtkleding gaan dragen. Als kind had ze geprotesteerd door 's zomers en in de winter vlug haar pyjama of nachthemd uit te trekken. Mama had van alles geprobeerd. Ze kocht mooie hemdjes met tot de verbeelding sprekende prints. Het hielp niet want zij vond dat ze bloot moest slapen en wist zelf niet waarom. Misschien was papa's opmerking blijven hangen: "Kippen en vogels gaan ook naakt op stok."
De sensatie zal herhaald worden in een reeks afschuwelijke beelden die altijd bij haar blijven. Ze komt haar huis binnen en deze keer zal de harde muziek geen geruststelling geven, maar de orkestrale aankondiging van onafwendbare pijn. In haar droom zal ze proberen te voorkomen wat mama overkomt en zichzelf behoeden voor het kwaad. Haar waarschuwen, wegduwen of desnoods voor haar gaan staan, maar heel snel zal ze

ontdekken dat dit niet kan. Haar aandacht wordt afgeleid door mama's stromend bloed, zij ziet zelfs niet wie haar aanvalt. Dus kan Mees niet voorkomen dat er toegeslagen wordt en alleen maar wachten op de ambulance.
Blijft al die tijd de muziek doordenderen, of heeft ze de knop al ingedrukt?
Vaak wordt er beweerd dat je niet in kleuren droomt, maar zij zal jarenlang geplaagd worden door vuurrode dag- en nachtgedachten.
Haar eerste droom betreft echter niet Lucie, maar vult haar met evenveel angst.
Want ze beseft dat ze bij papa's crematie was, waar ze zich in werkelijkheid niets van kan herinneren. Ze heeft zijn doodskist vol bloemen, op witte schragen zien staan; aan weerszijden een grote dikke kaars, waarvan er maar een brandde. Er werd gehuild, gezongen en gebeden, totdat zijn stoffelijk overschot in het vuur verdween. Ze voelde zich doodmoe, maar hield een korte speech die heel afstandelijk klonk: " Waarom verzamelen wij bezit en kennis, als er tenslotte toch niets overblijft dan as en verlangen?"

Mees is even thuis om wat kleren voor haar en Lucie op te halen en ze begrijpt niet waarom de tocht naar het appartement een lijdensweg moest zijn. Het gaat niet alleen om de angst voor Agnes Laroux, er speelt veel meer. Ze voelt zich miserabel en schuldig dat ze mama alleen heeft

gelaten en probeert dat idee uit haar systeem te bannen. Mama Lucie is in goede handen en in feite kan zij niets doen. Ze laat haar niet in de steek, want ze is voortdurend in haar gedachten. In normale situaties kan Mees redelijk haar gedachten een andere kant opsturen maar nu is dat haast onmogelijk. Ze weet wel dat ze door alles wat er gebeurd is, aan het eind van haar krachten is maar dat is nu juist het rampzalige. Want iedere stap, iedere beweging, zelfs iedere ademhaling, kost haar ontzettend veel moeite, maar ze moet vooruit. Ze mag niet opgeven want Lucie heeft haar keihard nodig.
Ze loopt door de flat en zoekt haar spullen, en stopt voor Lucie een stuk Maja-zeep in haar tas. Deze geur zal haar met Peter en Mees verbinden. Ze wil de slaapkamer uitgaan en ziet de kleine dromenvanger bij haar bed. Deze mooie omwonden cirkel met veren en kralen, zal ze ook meenemen zodat mama's dromen veilig worden. Ze wil hem van de spijker aan de muur afhalen, als haar telefoon afgaat. Ze ziet op de nummerherkenning dat Jeroen haar wil spreken en schrikt hevig. Ze laat hem lang overgaan en zegt dan kortaf: "Wat heb je te melden?"
Het blijft even stil en dan hoort ze zijn stem, waaraan ze merkt dat hij teveel gedronken heeft.
"Mees ik vind het zo erg wat er met Lucie gebeurd is, hoe gaat het met je?"
"Wat denk je?"

"Het, het spijt me zo."
"Je bent dronken en ik wil dat je mij verdomme met rust laat!"
Jeroen zegt niets en ze hoort hem ademen, dan slaat er een klok en Mees weet dat hij in zijn grote kamer zit. Ze ziet hem voor zich in zijn leren stoel, zijn das losgetrokken en de benen uitgestrekt op het tapijt. Hij kijkt waarschijnlijk naar de mobiel, de bewegende zilveren balletjes die tegen elkaar aan blijven tikken. Haar ogen branden en haar keel doet zeer als ze hem hoort zeggen: "Ik trek het niet meer zonder jou Meesje, alles zit tegen."
Ze krijgt een misselijk gevoel en er knapt iets in haar borst, ze schreeuwt haast: "Bel me niet meer Jeroen en waag het niet om in mijn buurt te komen!"
Dan verbreekt ze het gesprek en zakt op de rand van het bed. Ze is moe en constateert na deze uitval dat ze opeens helemaal niets voelt. Er daalt iets gelatens in haar neer en ze beseft dat ze nu echt klaar is met Jeroen Bodegraven. Het feit dat hij weinig te maken heeft met de nachtmerrie van de laatste tijd, verandert hier niets aan.
Dan hoort ze opnieuw haar mobiel en zucht opgelucht als het Rex is die haar roept.
"Ik zie dat je thuis bent Mees, gaat alles goed?"
"Ja nu wel, ik heb zojuist Jeroen afgepoeierd "
Mees zwijgt en is verbaasd dat ze zo kalm kan reageren.

“Ik vind het erg dapper van je, maar zal ik je terugbrengen naar Lucie?”
Rex vraagt en zegt niets over Jeroen en daar is ze hem dankbaar voor. Hij speelt het klaar om haar starheid te verjagen en haar weer voorzichtig wat te laten voelen. Ze voelt haar bloed stromen, haar huid tot leven komen en krijgt weer belangstelling voor de dingen om haar heen.
“Waar ben je Rex?”
“Ik ben je buurman, weet je nog?”
Mees lacht en ze beseft dat het lang geleden is dat ze dit kon. Dan slaat haar hart over en komt mama Lucie terug.
“Je hoeft me niet te brengen Rex, ik red me wel en zie je later.”
Ze haakt af, kijkt om zich heen, pakt haar tas en merkt dat ze weer rusteloos wordt, maar minder als eerst. Het idee dat Rex bijna naast haar zit, geeft haar een veilig gevoel. Even later start ze met een warm gevoel haar auto en denkt aan zijn laatste omhelzing. Toen ze de deur afsloot had hij in de gang gestaan, ze had haar zware tas laten vallen toen hij haar in zijn armen nam.

Zij heeft gedacht dat ze in het ziekenhuis was afgesloten van alle natuur. Ook heeft ze met Lucie te doen die er niet tegen kan om de hele dag binnen te zijn. Maar zelfs in deze torenflat ziet Mees nu achter de grote dubbelglas ramen de kracht van de elementen. Het stormt en ze is verbaasd, omdat het

deze winter iedere dag weer anders is. Grote sneeuwvlokken vliegen voorbij en het kan natuurlijk niet, maar deze ziekenboeg lijkt op zijn grondvesten te schudden. De hemel die soms zo schitterend kan verkleuren, is nu verstopt en wordt ingepakt in grijze nattigheid. Ze vertelt Lucie wat ze ziet en overdrijft natuurlijk weer.
"Ben maar blij dat je niet naar buiten hoeft want het is hondenweer."
Geen hondenweer!
Kelly ging als ze haar onder deze omstandigheid wou uitlaten op haar kont zitten en weigerde halsstarrig om naar buiten te gaan.
Maar mama gelooft het wel, ze blijft zwijgen en Mees weet niet of die onherroepelijke, wrede aanval nog in haar gedachten is. Ze denkt van niet want daar is haar gezicht te vredig voor. Ze is zich eerder aan het voorbereiden op het wakker worden en wat ze daarna gaat doen. Ze zal zoals ze altijd gedaan heeft, haar leven weer oppakken en Mees hoopt dat ze voorzichtiger zal worden. Altijd haar mobiel meenemen, wat ze eerder vaak vergat. Ze zullen in het begin dagelijks contact hebben maar dat zwakt dan weer af. En na verloop van tijd zal ze net als vroeger met opgewekte stem zeggen: "Je kon me niet bereiken omdat ik even met de auto in het labyrint was."
"Pieker niet teveel over vroeger mam."
"Zal ik niet doen, want er zit geen achteruitkijkspiegel aan dit voertuig."

Maar er gebeurt een wonder!
De wolk op mama's gezicht is nog niet eens verdwenen, als ze ontwaakt. Het gaat echter anders dan ze gedroomd heeft, want Lucie kreunt wanneer Mees met haar hoofd op het bed in slaap is gevallen. Zij denkt eerst dat ze droomt dat ze als peuter op Lucies buik ligt, maar ze schrikt wakker en voelt haar bewegen. Nog nooit heeft een geluid haar zo gelukkig gemaakt, al is het gekreun.
Ze rent de gang op en schreeuwt het uit. Ze weet niet wat maar de dokter die een kamer uitkomt, begrijpt haar uitstekend. Hij staat even later bij Lucie en is de eerste die ziet dat ze haar ogen opent. Hij draait zich om naar Mees die achter hem staat te snikken, en pakt haar hand.
"Je moeder is er weer."
Hij zegt dit verwonderd en onmiddellijk gaan Lucies ogen weer dicht, alsof ze weet dat hij de verkeerde is waar ze naar kijkt. Maar de arts vertelt de trillende Mees dat ze toch echt gekeken heeft, voordat hij met zijn helpers aan de slag gaat. Want het lijkt op een veldslag: Alle middelen, apparaten, machines, wilskracht en kennis worden ingezet om Lucie te helpen. Maar later blijkt dat mamma haar ogen wel geopend heeft, maar niets heeft gezien. Nog later keert er wat licht terug, maar ze zal nooit meer helder kunnen zien. En helemaal wakker is ze nog niet. Ze glijdt van het ene moment op het

andere in een onderbewust gebied, en Mees leert snel haar daar met rust te laten.
Maar wanneer ze er is, is ze weer bijna dezelfde Lucie van voor de catastrofe: Optimistisch, sterk en vol vertrouwen op genezing. En weer heeft volgens haar, iemand anders haar gered, Ze zegt: "Jij hebt me terug geroepen en je zet me straks ook weer met beide benen op de grond."
Mees is ontroerd, maar tegelijk met de ontroering en het geluk komen er andere emoties terug. Ze is vaak razend van woede op Agnes Laroux die haar moeder bijna vermoord heeft. En op de middag dat ze stampend door de gang alleen maar aan wraak denkt, komt Rex haar achterna. Hij pakt haar handen vast en zegt stralend: "Gelukkig Kerstfeest Mees, het is weer echt iets voor Lucie om in de Kerstnacht te ontwaken."

Kerstmis!
Mees heeft de voorbereidingen wel gezien, maar er geen aandacht aan besteed. Kerstmis en cadeautjes. Mamma heeft haar geleerd dat ze bij elkaar horen, maar dat zelfgemaakte cadeaus de mooiste zijn. Ze neemt de enorme stap om weer naar buiten te gaan en bedenkt dat dit het cadeau van Lucie aan haar dochter is. Want ze is bang, maar voor mamma moet ze de deur uit om een witte orchidee te kopen. Ze weet dat Lucie dol is op deze schitterende, geheimzinnige plant. Wanneer ze door de straten loopt moet ze steeds omkijken en is

verbaasd over de stilte. De deur van de bloemenzaak is gesloten en dan pas dringt het tot haar door dat het tweede Kerstdag is.
Geen witte bloemen voor Lucie?
Maar wacht eens even! Zoals altijd zullen de tuincentra en woonboulevards hun deuren wijd open hebben.
En als er een uur verstreken is, komt ze uitgeput terug bij Lucies bed. Haar moeder straalt wanneer ze hoort dat er een supergrote orchidee naast haar staat. Mees moet de luchtwortels, stengel, bladeren, bloemen en knoppen beschrijven en de tranen komen weer tevoorschijn als Lucie zegt: “Ik zie haar wazig, maar ik ruik haar echt.”

Mees droomt dat ze in Lucies huis aan de Spaanse kust is. Mama is er niet en dat is op zijn minst opmerkelijk te noemen. Godzijdank is het zo’n nachtgedachte waarin je weet dat je droomt. Want ze beseft heel goed dat er een heleboel dingen niet kloppen. Het is warm, maar de zon zit verstopt achter een dik wolkendek. Tientallen muggen zoemen rond haar hoofd, terwijl ze nog binnen is. Ze jaagt de pestkoppen weg en loopt via de witte plavuizen in de grote kamer, naar buiten in de tuin met de kleine palmboom en een paar bloeiende struiken. Het hekje door en ze staat op de drukke boulevard. Weer denkt Mees dat Lucie de ideale plek heeft uitgezocht zo dicht bij het strand.

Haar blik glijdt even over de grauwe golven die witte schuimkoppen dragen als verlichting. En daar komt er al iets op haar af dat niet klopt. Het eerste bankje op de protserige boulevard is leeg. Dat kan niet want er moet een mollig, koffieverkeerd gekleurd hondje op zitten dat naar haar blaft. Eigenlijk niet naar haar maar naar Kelly, maar ook zij is verdwenen. Dat doet zeer: de bonkende pijn in haar achterhoofd begint te zeuren en ze denkt: Waarom liet ook jij mij vallen, Kelly?
Nu moet ze alleen via het strand naar de rotskust, waar haar hond steeds de meeuwen de stuipen op het lijf joeg.
Er komt nu een vreemde gedachte bij haar op die haar laat beven: De afrekening met het verleden zal ook hier niet lukken, zet dat maar uit je hoofd!
Ook weet Mees opeens dat ze voor iets verschrikkelijks op de vlucht is. Het plan was om hier te gaan wonen, maar dat wordt van de kaart geveegd door angst en het geluid van aanrollende donder. Ze is vervreemd van deze vroeger zo zonovergoten plek en haast zich weg naar ze weet niet waar.

Eindelijk speelt Mees het klaar om uit deze bewuste droom te kruipen. Ze is klam van zweet en denkt aan iets heel normaals: Als ik een nachthemd aanhad, dan hoefde ik niet zo vaak mijn dekbed en hoes te wassen. Ze probeert de droom te analyseren maar het lukt niet omdat steeds het woord

'doodsvrees' tussen de losse fragmenten schuift. Dat gebeurt vaker dat ze woorden droomt, al worden ze vaak krom en lelijk. "Doodsvrees' bestaat immers niet in het officiële woordenboek, het moet 'doodsangst' zijn.
Wel 'doodsdrift' maar dat heeft ze gelukkig nog nooit gevoeld tot nu toe. Opgelucht denkt Mees dat doodsvrees niet alleen krom, maar zwaar overdreven is. Natuurlijk is ze de laatste tijd vaak bang geweest, maar stiekem is ze trots dat ze zich er niet onder laat krijgen.
Het is al begonnen na de aanval op de trol, dezelfde nacht is ze met Kelly het bos in gegaan. Ze had ook als een angsthaas met de zaklamp in de hand, rondjes kunnen lopen om Kelly te laten poepen, maar dat was niet eens in haar opgekomen. De grootste angst zit in jezelf en wanneer jij je best blijft doen, weet je ook hoe je ze moet verdrijven. Mama Lucie zei eens: "Het is de kunst om verrotte gedachten toe te laten, zodat ze niet de kans krijgen om alles te verpesten."
Mees voelt dat haar zweet is opgedroogd en ze verpakt ligt in een zout vliesje.
'dromen' denkt ze, zijn soms beelden en woorden uit een kelder die het daglicht niet verdragen kan.' Toch is het beter om het woord nu te verdringen en net als vroeger taferelen tevoorschijn halen, waarin ze de heldin heeft gespeeld. Nu is er zelfs een die echt gebeurd is.

Ze was rond de achttien en studeerde nog. Ze had altijd geldgebrek en omdat ze op een keer een hevig verlangen had gevoeld om uit te waaien aan de kust, had ze staan liften langs de weg. Wat voor de meeste studenten heel gewoon was geweest, leek haar een onoverkomelijke barrière. Toch had ze doorgezet en na de vijfde auto die gestopt was, waagde ze de sprong.
"Eerst naar Amsterdam, naar Amsterdam", had ze gezegd en de vrouw lachte en antwoordde: "Stap in, je hoeft echt niet te gaan stotteren."

Mees staat voor het raam van de slaapkamer in het boshuis en kijkt uit over de tuin. Deze bovenkamer waar ze met Lucie heeft geslapen ligt er opgeruimd bij, en het verbaast haar weer dat ze mamma's cd-speler de laatste keer vergeten zijn. Hij lag met een stapel cd's op een tafeltje in een hoek van de kamer en ze heeft zojuist alles in haar tas gestopt.
Want Lucie is muziek geworden!
Ze ligt urenlang te luisteren naar allerlei soorten muziek en valt vaak in slaap met klanken die door haar hoofd wervelen. Mees heeft al besloten om luisterboeken voor haar te gaan kopen, zodat ze met haar oren de mooiste boeken kan lezen.
Ze staat te kijken naar de witte sparren en bedenkt dat ze het dunne laagje sneeuw dat vannacht gevallen is, mooier vindt dan een dik pak sneeuw. Nu buigen de takken niet bijna door tot op de grond en kunnen de vogels de weg beter vinden.

Toch zullen ze het zwaar hebben, want het vriest en de weerberichten voorspellen zware vorst voor vannacht.
Alles is hier in orde, denkt ze, ik heb in mijn tas wat Lucie nodig heeft, ik zal de vogels…
Maar de gedachten en haar adem stokken op dat moment.
Ze ziet een donkere figuur met een capuchon op het hoofd over het bospad komen. Mees doet een stap achteruit en voelt dan hoe haar leven veranderd is. Er wandelen wel vaker mensen door het bos, waarom wil ze zich het liefst verstoppen? Ze is toch ook niet bang geweest toen ze hier naar toeliep, nadat Rex haar op de helft van het pad had afgezet. Ze had hem gevraagd: "Wil je stoppen lieverd, ik wil zo graag weer frisse lucht opsnuiven." Rex had haar met zijn auto gebracht en ze hadden afgesproken dat hij haar, voordat de duisternis inviel, zou ophalen. Hij was doorgereden naar het dorp nadat hij handig was omgekeerd, en ze hoort weer zijn stem: "Ik ben het hier niet mee eens, maar vindt het wel dapper dat jij je leven weer oppakt. Over een uur kom ik je ophalen."
Maar nu is zij niet zo dapper meer, als ze ziet dat de donkere gestalte haar tuin inloopt. En ze wordt panisch van angst als het Agnes Laroux blijkt te zijn. Ze wil vluchten, maar ziet dan dat de vrouw alleen aandacht heeft voor de bosgrond. Ze is inmiddels aangekomen bij de vernielde eik en trekt wat takken opzij van de den die op de grond ligt.

Mees denkt aan Kelly en herinnert zich opeens het zwarte boekje. “Ze zoekt het notitieboekje,” zegt ze hardop en daardoor verdwijnt haar angst. Mees wordt kwaad en terwijl ze de trap afrent, neemt dit gevoel enorme afmetingen aan. Donkers had nog gezegd dat ze moest oppassen om Agnes te beschuldigen, voordat er harde bewijzen waren gevonden dat ze mamma had aangevallen. Maar zij had nooit getwijfeld. Vanaf het moment dat mamma er zo vreselijk aan toe was, had ze geweten dat Agnes Laroux het had gedaan. En niet alleen omdat ze haar had zien vluchten. Zij was het monster geweest dat haar wekenlang had gevolgd en haar leven had veranderd in een hel. Alleen weet ze niet precies waarom.
En daar gaat ze nu achter komen!
In de gang grist ze haar jack van de kapstok en trekt hem aan. Dan doet ze de voordeur open en rent de tuin in. Agnes Laroux is nog steeds aan het zoeken en heft pas haar hoofd op wanneer Mees dichterbij komt. Zij ziet dat ze onder de capuchon nog een wollen muts draagt. Bij iedere stap die ze zet, ze is gestopt met rennen en sluipt het laatste stuk haast op haar af, groeit haar haat. Die wordt nog versterkt wanneer ze Agnes in de ogen kijkt. Zij ziet soortgelijke emotie in haar grijze ogen, maar de angst voert de boventoon. Haar lichaam verstrakt een kort moment, en dan zet ze het op een lopen. Ze duwt in het voorbijgaan Mees zowat omver, en is in een mum van tijd de tuin uit. Mees

ziet dat ze haar capuchon tijdens het rennen aftrekt, en ook de muts die ze van zich af gooit. Er gaat een belachelijke gedachte door haar heen: Bewijsmateriaal voor Donkers.
Alsof Agnes daar nu aan zou denken!
Zij lijkt op een wild dier dat in het nauw gedreven is; alles dat haar hindert moet verdwijnen, en het doel waarvoor ze gekomen is, lijkt ver weg. Mees weet zeker dat ze het boekje wilde meenemen, om zo het bewijs dat ze haar bomen heeft vernield, uit te wissen. Maar als zij nu een door paniek gedreven dier is, dan is Mees de jager die haar ten kosten van alles te grazen wil nemen. Ze voelt iets door haar hoofd en lichaam glijden, wat ze lang geleden heeft gevoeld: Moordlust.
Mees heeft een moment doodstil en bevend, met brandende ogen Agnes Laroux gevolgd, dan gaat ze haar achterna. Zij ziet haar eerst het pad af rennen, maar opeens schiet ze er vanaf, om door de lage besneeuwde begroeiing verder te gaan. Dat is nogal dom van haar, want ze moet tussen hoge en lage bomen laveren en raakt af en toe verstrikt in kale braamstruiken.
Je bent geen bos gewend trut, denkt Mees en hardop schreeuwt ze: “Blijf staan, want ik krijg je toch te pakken!” Hoe kinderlijk klinkt die zin, alsof ze samen een spelletje doen in het winterbos. Maar dat het geen spel is ontdekt ze na vijf minuten, want Agnes Laroux valt. Ze valt raar, omdat Mees haar in eerste instantie voor haar ogen ziet

verdwijnen. Zij is in een kuil gezakt en schreeuwt, nee brult het uit van de pijn. Mees staat al bij haar en is verwonderd over de diepte van het gat. Het is in de buurt van het vossenhol waar Kelly zo verwoed aan het graven was. Ze heeft toen niet op de omgeving gelet, en ziet nu dat de kuil omringd wordt door struikgewas. "Wat een vreemde verzakking," zegt ze hardop en ziet de bevroren, soms afgebrokkelde wanden. Agnes probeert ondertussen overeind te krabbelen en vraagt haar: "Wil je me een hand geven, ik geloof dat er iets goed mis is met mijn knie." Haar stem is laag en hees, ze schreeuwt opnieuw als ze rechtop wil gaan staan. Onmiddellijk zakt ze weer in haar oude houding van in elkaar gedoken ellende. Met moeite richt ze haar hoofd op en kijkt Mees nu smekend aan.
"Het is misschien nog beter om hulp te gaan halen, mijn knie is uit de kom of gebroken."
Maar Mees die boven haar uittorent, steekt in een reflex haar hand uit. Dan zakt ze op haar knieën, om Agnes eens goed te bekijken voordat ze haar te hulp komt. Zij was toch van plan om uit te zoeken wat deze kenau bezield heeft om haar te bedreigen! Waarom heeft ze haar wekenlang angstdromen bezorgd en haar het werken onmogelijk gemaakt? Zij gaat weer rechtop en stevig op haar voeten staan, omdat ze een flauwte voelt opkomen die ze nu absoluut niet gebruiken kan. Mees staat daar kaarsrecht bij de kuil en met een laag van haar

bewustzijn ruikt ze de vochtige avondlucht vermengd met mos en aarde, maar een veel intensere laag is met Agnes Laroux bezig. Iedere vezel in haar lijf is gespannen als ze het flauwtegevoel uit haar lichaam drijft. Het liefst zou ze nu de vrouw bespugen, zich omdraaien en weglopen. Maar ze weet dat ze moet praten en vooral goed luisteren.
"Waarom!"
Ze vraagt niet, maar slingert dit woord de kuil in en ziet Agnes veranderen.
Ze lijkt de pijn in haar knie te vergeten, haar bleke gezicht wordt iets roder en vertrekt van haat. Dan begint ze te praten en het lijkt wel alsof ze lang gewacht heeft om eindelijk haar gal te spugen. Zij praat snel, maar duidelijk verstaanbaar en naarmate de tijd verstrijkt steeds luider.
Mees is verbijsterd!
Ze begrijpt al vlug dat alles is begonnen op haar eerste werkdag bij het reclamebureau.. Agnes vertelt dat zij toen een relatie had met Jeroen.
"Ik was zijn geliefde," zegt ze en Mees ziet een scala van emoties op het nu weer bleke gezicht.
"Toen jij verscheen, maakte hij het na een paar dagen uit; hij was betoverd, zeg maar gerust behekst."
Als Mees iets wil zeggen, bijt Agnes haar toe: "Houd je bek en kom er niet tussen, want daar ben je altijd zo goed in." En ze luistert.

Luistert naar een verhaal van haat, schaamte, eenzaamheid en bedrog. Want Jeroen had haar al vaker bedrogen, maar zij wist dat het bij Mees viel dieper ging. Zij zag dat die twee aan elkaar gewaagd waren, en allebei een gigantische ambitie hadden. (dat viel bij mij wel mee, denkt Mees maar ze zwijgt). Agnes was haar steeds meer gaan haten, omdat ze zich vernederd voelde. Zij geeft een beschrijving van een vergadering waarin Mees haar zou hebben beledigd (wanneer in Godsnaam?). En haar promoties had ze te danken aan haar gemene gekonkel, en niet aan haar creativiteit zoals de directeur had beweerd. Ze hoopte vurig dat het tot een breuk zou komen tussen haar en Jeroen, omdat ze wist dat hij zich nooit zou laten verdringen door een vrouw. Maar toen had ze hun omhelzing gezien op de gang, en was daarna vast besloten om Mees te breken. Daarvoor waren haar pesterijen onschuldig geweest.
Op dat moment wankelt Mees op haar benen en opnieuw begint alles om haar heen te draaien. De moord op Kelly was een onschuldige pesterij?
Ze wil wat zeggen, maar Agnes die waarschijnlijk het verdriet op haar gezicht ziet, strooit nog extra zout in de wond. "Toen dacht ik dat ik je genoeg had gestraft nadat ik jouw lieveling had vergiftigd, maar je wond opnieuw Jeroen om je vinger."
En dan komt met een sneltreinvaart de verdrongen avond terug. Die avond dat ze Lucie had gevonden

op de keukenvloer. En nu neemt zij zelf, misselijk van woede, het heft in handen Ze onderbreekt Agnes en schreeuwt door het bos: "Wat heb je met mijn moeder gedaan?"
"Ik heb de sleutel die ik van Jeroen gepikt had voor de tweede keer gebruikt en heel eenvoudig de voordeur geopend. Je moeder was in de keuken en ze stond te zingen bij krankzinnig harde muziek. Dus was het niet zo moeilijk haar te besluipen en neer te slaan."
"Waar…mee."
De stem van Mees breekt het woord door midden, maar Agnes weet precies wat ze bedoelt.
"Met een metalen pepermolen, die ik daarna handig in mijn zak kon stoppen."
"Je bent ziek en je zult hier zwaar voor boeten."
Mees voelt opeens dat ze na deze zin staat te trillen op haar benen, en niet alleen door een woedende onmacht. Het licht in het bos is veranderd in de bekende avondgloed en het is stervenskoud. Ze ziet dat Agnes Laroux in elkaar kruipt en weer kreunt ze van de pijn. Haar stem heeft heel wat aan kracht ingeboet als ze zegt: "Ik moet zorgen dat ik hier wegkom, ik sterf van de kou."
Dan probeert ze opnieuw om overeind te komen, maar het lijkt wel alsof er nu ook iets mis is met haar armen, of al haar kracht in de vochtige grond is gezakt. Ze verliest het beetje zelfbeheersing wat ze nog bezit en zegt hees: "Ben je nu eindelijk van

plan om iets te doen, ik ben denk ik wel genoeg gestraft."
"Dat denk ik dus niet", zegt Mees "want ik zie geen spijt maar enkel woede, dus kan ik jou de hand schudden."
Maar Mees merkt op dat moment dat Agnes kwaadheid veranderd is in wanhoop. Zij kan dit alleen op een afstand houden door haar eigen woede op te stoken
Dan denkt ze: Waar blijft Rex toch, ik heb nog geen auto gehoord. Maar tegelijkertijd komt er bij haar op: Laat hij nog maar even wegblijven, dan ga ik terug naar huis.
Ze kijkt naar de kleumende vrouw en beseft dat het gat zo diep is, dat het ontzettend veel moeite zal gaan kosten om er uit te klimmen. En met een gewonde knie zal dat onmogelijk zijn. Alsof Agnes op dat moment hetzelfde denkt, zegt ze: "Mijn hele onderlijf is verstijfd en doet verschrikkelijk zeer, net zoals je handen en voeten gaan steken wanneer je geen handschoenen en warme schoenen draagt."
Haar stem breekt en na deze lange zin bereikt ze het einde van haar krachten, want haar ogen gaan dicht en ze lijkt flauw te vallen. Nog even beweegt ze haar hoofd en ligt dan roerloos Maar direct hierna schrikt ze weer klappertandend wakker en ligt te rillen. Ze weet waarschijnlijk niet waar ze is, want ze mompelt verwarde zinnen. Haar adem gaat een tijd heel snel tegen hyperventilatie aan, om vervolgens af te zakken naar een heel laag tempo.

Haar lippen zijn inmiddels blauw en weer zakt ze weg. Mees echter, is niet onder de indruk: integendeel!
Ze draait zich om, loopt naar het pad en voelt dan pas dat ze het nog nooit eerder in haar leven zo koud heeft gehad. De vrieskou heeft bijna helemaal bezit van haar genomen. Er zit nog steeds een afkeer en haat in haar die haar misselijk en slap maakt. Ze loopt weg van de vrouw die haar wekenlang gevolgd heeft, haar heeft bedreigd en het leven ondraaglijk gemaakt. Maar het ergste, het meest afschuwelijke van dit alles, is wat ze mamma heeft aangedaan. Hierdoor heeft zij een redeloos dier van haar gemaakt dat geen moreel geweten meer heeft. Mees schaamt zich niet over de gedachte die nu volledig bezit van haar neemt: Ik wil Agnes Laroux vermoorden. Het is een bekend gevoel van lang geleden
Dat is opgebouwd uit duizenden angsten, verdriet en pijn. Ze wil haar vermoorden en de uitvoering van dit plan kost niet eens zoveel moeite.
In feite hoeft ze niets te doen.
Mees staat stil wanneer ze zich een weg gebaand heeft naar het bospad. Dan draait ze zich weer om. Ze roept: “Agnes!,” maar verwacht al geen antwoord meer. Het blijft inderdaad doodstil. Misschien zal het nog een paar uur duren, maar dan zal haar grote kwelgeest sterven aan onderkoeling. Mees heeft gehoord dat dit een mooie dood moet zijn; mensen die bijna verdronken waren hebben

erover verteld. Maar ze kan zich niet voorstellen dat Agnes Laroux bezocht zal worden door wondermooie taferelen en engelen die haar op handen dragen. Zelfs dat gunt ze haar niet.
Dan schrikt ze opeens omdat ze, als ze bijna bij het bospad is, een grote roofvogel boven haar hoofd hoort krijsen. De vogel lijkt ook van haar geschrokken te zijn, want hij vliegt op en verdwijnt tussen de bomen richting vossenhol en kuil. En daarna komt een ander geluid de sinistere betovering verbreken: De auto van Rex nadert en haalt haar al vlug in. Haar vriend stopt, gooit het portier open en buigt zich naar haar toe.
"Heb je alles ingepakt lieverd?"
"Ja, ik wilde nog even wandelen, maar werd overvallen door de duisternis."

Geraadpleegde literatuur:

Het beste vogelboek (uitgeversmaatschappij The readers digest. Amsterdam Buitenveldert)

Er zit geen spek in de val en andere dierenverhalen. A Koolhaas (van Oorschot uitgeverij Amsterdam.

Ciska Baar weet als geen ander de spanning op te bouwen. Ze is in 1941 geboren in Indonesië en groeide na de oorlog op in zuid Limburg.
Ze trouwde, kreeg drie kinderen en werkte als thuiszorgmanager in Zwolle. In het jaar 2000 begon ze met schrijven en daarna kwam er bijna ieder jaar een boek van haar uit.